A Inglaterra De Hoje: Cartas De Um Viajante

Joaquim Pedro Oliveira Martins

A INGLATERRA
DE
HO
OLIVEIRA MARTINS

A INGLATERRA DE HOJE

(CARTAS DE UM VIAJANTE)

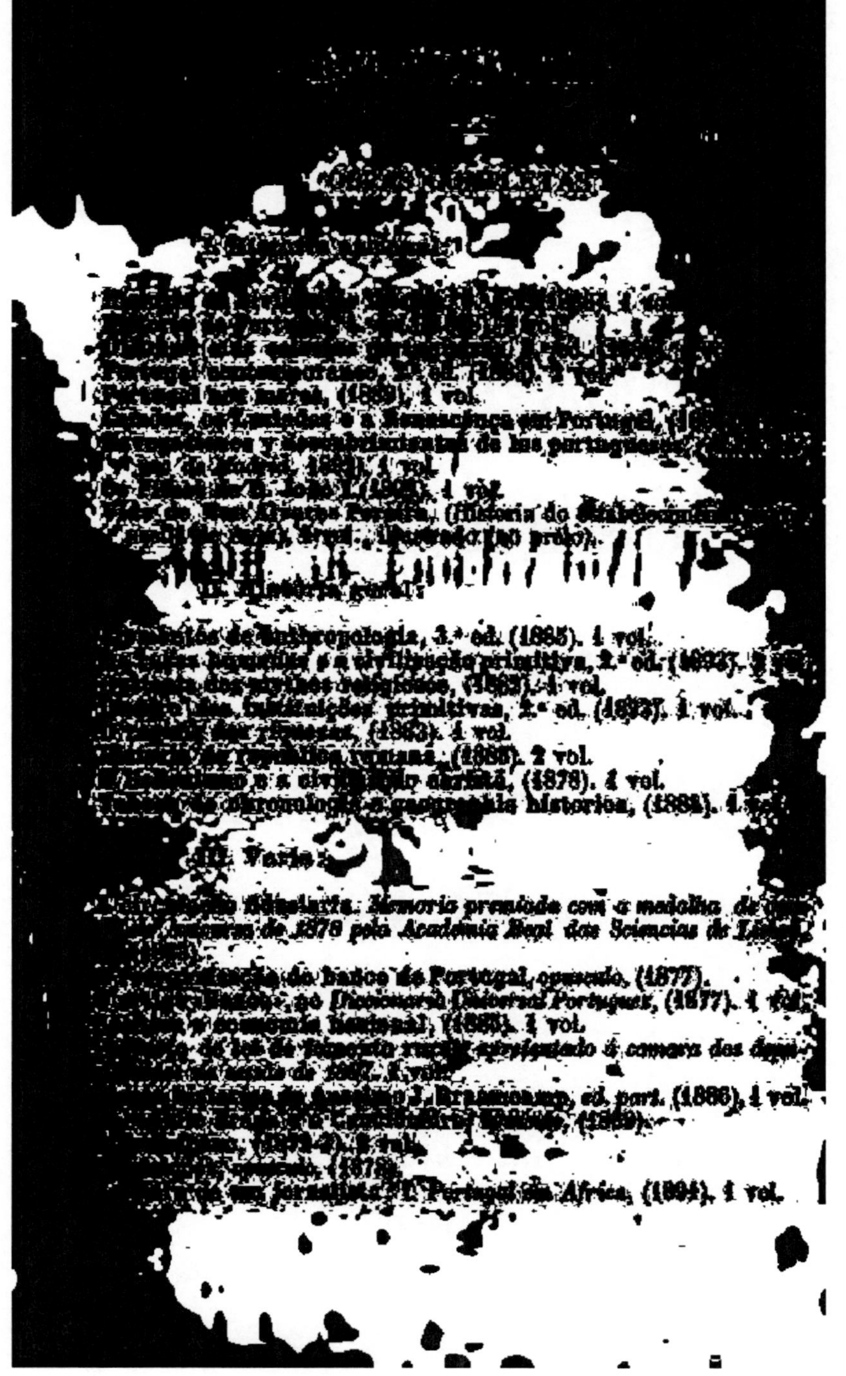

[illegible]

Portugal nos mares, (1889). 1 vol.

[illegible] os Lusiadas e a Renascença em Portugal, [illegible]

[illegible] y [illegible] de los portugueses [illegible]

[illegible] 1 vol.

[illegible] 1 vol.

[illegible] (Historia do [illegible] Brazil, illustrado [illegible] prelo).

II. Historia geral:

[illegible] de anthropologia, 3.ª ed. (1885). 1 vol.

[illegible] e a civilisação primitiva, 2.ª ed. (1893). [illegible]

[illegible] dos mythos religiosos, (1882). 1 vol.

[illegible] das instituições primitivas, 2.ª ed. (1893). 1 vol.

[illegible] (1883). 1 vol.

[illegible] da republica romana, (1885). 2 vol.

[illegible] e a civilisação christã, (1878). 1 vol.

[illegible] de chronologia e geographia historica, (1884). 1 vol.

III. Varia:

[illegible] fiduciaria. *Memoria premiada com a medalha de* [illegible] *concurso de 1878 pela Academia Real das Sciencias de Lisboa*, [illegible]

[illegible] do banco de Portugal, opusculo, (1877).

[illegible] ao *Diccionario Universal Portuguez*, (1877). 1 vol.

[illegible] e economia nacional, (1885). 1 vol.

[illegible] de lei de fomento rural *apresentado á camara dos deputados* [illegible] *sessão de 1887*. 1 vol.

[illegible] ed. port. (1886). 1 vol.

[illegible] (1889).

[illegible] 2 vol.

[illegible] (1878).

[illegible] Portugal em Africa, (1891). 1 vol.

OLIVEIRA MARTINS

A INGLATERRA DE HOJE

(CARTAS DE UM VIAJANTE)

LISBOA
Livraria de ANTONIO MARIA PEREIRA — Editor
50, 52—Rua Augusta—52, 54
1893

Typographia da Academia Real das Sciencias

ADVERTENCIA

A excursão que provocou estas cartas data dos mezes de maio a julho do anno passado, quando sahi de Portugal, por motivos exclusivamente pessoaes, apesar do que ao tempo disseram as gazetas da minha abençoada patria. Só quando se não sabe a que phantasias de invenção leva a furia da coscuvelhice; só quem ignora como ás vezes, mas não n'este caso, a intriga explora os mexericos do noticiario: só esses, e só então, se comette o erro de dar explicações a quem não tem direito a exigil-as.

A simples verdade é que fui a Inglaterra espairecer, e que aproveitei o passeio para mandar ao *Jornal do Commercio,* do Rio de Janeiro, as minhas cartas de viagem que ahi foram apparecendo publicadas no ultimo trimestre de 1892.

Relendo-as, no seu conjuncto, revendo-as, e completando-as com estudos anteriores, pareceu-me que mereceriam porventura serem colligidas em volume, por darem, a meu vêr, uma impressão synthetica do estado actual do uma das tres, ou quatro, grandes nações do mundo. Por isso o livro se chama *A Inglaterra de hoje.*

Este proprio titulo, porém, me obrigava a não dilatar a publicação, pois, com a velocidade vertiginosa a que o mundo marcha no nosso tempo, a Inglaterra de 1892 póde muito bem não ser já a de 1893. Quem sabe as voltas que nos esperam! Bastam dois mezes de guerra, para transtornarem por completo esta construcção, instavel a todos os respeitos, da Europa em que existimos. Todos os vivos assistimos ao tombo que levou o mundo em 1871.

E d'então para cá, apesar da instituição da republica em França, e do cesarismo na Allemanha, as causas de instabilidade, n'esta nova phase do equilibrio europeu, não teem feito senão crescer. Por um lado, a reacção do idealismo annuncia a bancarota completa das pretenções racionalistas que levaram a Europa a um estado sem precedentes, não direi de desmoralisação, porque houve já tempos muitissimo peiores, mas de achatamento e vul-

[illegible] [illegible] [illegible] [illegible] [illegible] [illegible] [illegible] naturalismo, o utilitarismo, o *japonesismo*, [illegible] scenas incongruentes de realismo e phantasia, [illegible] tudo isto é admiravelmente velho na Inglaterra.

Em segundo logar, porque um dos methodos de observação synthetica superior é o contraste: a que corresponde a caricatura nas artes do desenho. O paradoxo é frequentemente o meio de a gente melhor comprehender um assumpto complicado. Ora a civilisação europea percebe-se admiravelmente atravez da atmosphera que creou Hogarth, Thackeray, e Dickens. Na impressão singular que os inglezes produzem sempre, e em toda a parte, sobre os continentaes, está para estes, quando sabem vêr, um motivo [illegible] de se analysarem a si proprios.

E além d'isso, o feitio paradoxal e o aspecto excentrico das cousas inglezas, provindo, como provém, da falta de compasso entre as varias faces da civilisação, teem no momento actual um alcance e um valor inapreciaveis. O fundo ingenuo e natural que ainda ha n'esses homens conserva-lhes uma espontaneidade, de que os continentaes [illegible] já agora desdenham. E essa ingenuidade e essa extravagancia, quem sabe? talvez sejam salvadoras e provem melhor do que os fructos das nossas cabeças dessoradas por vinte e cinco seculos de architecturas *a ratione*.

Não pode a gente deixar de sorrir dos *revivals* da alma mystica, affirmados pela propagação do spiritismo e do buddhismo do Thibet; custa a tomar a serio a piedade, quando se affirma em instituições como a *Salvation army;* mas a verdade é que tudo isto, pelo menos, é vivido; e quando se passa para cá do Canal, se o grotesco se perde, com effeito, é para ceder o logar a uma enjoativa mistura de banalidade e cabotinagem.

Pelo que me diz pessoalmente respeito, confesso que aprendi muito mais n'esta excursão agradavel, do que na viagem bem penosa que acabava de fazer antes por outras regiões, onde infelizmente se encontram acazalados o ridiculo com a banalidade, produzindo um espectaculo que nem diverte, nem instrue.

Lisboa, fevereiro 1893.

O. M.

A INGLATERRA DE HOJE

(CARTAS DE UM VIAJANTE)

A INGLATERRA DE HOJE

(CARTAS D'UM VIAJANTE)

I

Era madrugada quando o *Magdalena*, aproando ás *Needles*, entrava no canal da ilha de Wight, e, deixando-a á direita, virava para o lado opposto, subindo a ria de Southampton.

Era madrugada, e fundeámos, esperando a maré para entrar na doca. Ao longe, em frente, arrendava-se no horizonte um pequeno ramilhete de mastros, vergas e cordagens, mal distincto na neblina da manhã. A agua era um espelho de aço. De ambos os lados, as margens se desenrolavam chatas e vestidas por um arvoredo espesso. Da direita ficava o magnifico hospital naval, e ao longo da margem, aqui e além, engastadas em verdura, appareciam casas, mirando-se no mar, onde as canôas de vapor e alguns *yachts* de altas velas traçavam rasgões [illegible] como os inglezes dizem, quando o vapor, magestosa e lentamente, continuou a sua marcha. Atracámos ao caes, empurrados por um tug, e saltámos em terra no telheiro da alfandega, ao longo do qual, do lado opposto, [illegible] o comboio prompto a levar-nos a Londres. [illegible] as malas, no meio de uma soffrivel confusão, que depõe muito contra o que se chama o genio pratico dos inglezes; entrámos nas carruagens, e o comboio partiu rodando. Em breves minutos tinhamos galgado o [illegible] da cidade; agora atravessando de nivel uma rua, logo passando em tunnel debaixo de outra, depois em viaducto ao nivel dos telhados das casas; n'uma confusão de signaes e n'um emmaranhamento de fios, com o negrume e a agitação proprios da proximidade das estações, principalmente em Inglaterra.

O dia, porém, subia glorioso. O céo era feito de [illegible]; o ar, saturado de exhalações marinhas, [illegible]; e já a estrada caminhava entre sebes vivas, e para um e outro lado se desenrolava docemente a paisagem em um mar verde vegetal.

Estavamos no campo? Não. De Southampton até Londres a estrada parece uma rua, quasi. Passa-se ao lado de villas e aldeias, Bishopstoke, Winchester, Alresford, Alton, Bentley, Farnham, Ash, Weybridge, Esher, muitas mais, maiores ou menores, [illegible] á sombra das arvores, como formigueiros, [illegible] de casaria avermelhada com [illegible] de louza, pontiagudos, em [illegible], onde o sol se reflecte metallicamente.

Metallico é tambem o tom do verde que a luz [illegible] torna [illegible] era. Metallico e mono-

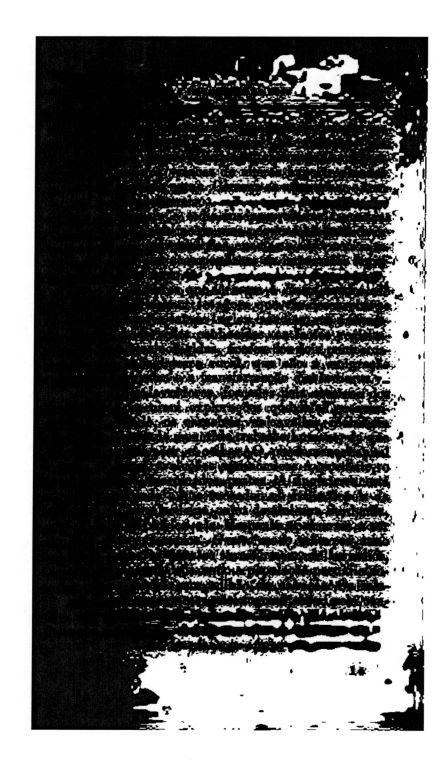

[illegible]

[illegible] agricola.

As ondulações largas da paisagem desdobram-se em tapetes de relva opipara, em campos [illegible], o lupulo, [illegible], e grandes [illegible], [illegible] sempre posta para os [illegible]. Adivinha-se por baixo um [illegible] humido; [illegible] de passagem o canal trasbordando agua barrenta. O ar, apesar de azul, sente-se que está impregnado de agua. Alongando a vista longe pelo horizonte, vêem-se flocos de nuvens, uma [illegible] de ar, e cortina de sombra descendo sobre a terra. Lá chove miudinho, agua peneirada por um crivo, rega creadora para a herva sempre verde. O campo é uma manufactura pingue de forragens, o vestibulo de uma queijeira, ou de um matadouro.

Em todo o Reino-Unido, Inglaterra-Galles, Escocia e Irlanda, a area cultivada é hoje de 48 milhões de acres, e ha vinte annos era de 45 milhões. Os pastos, naturaes e artificiaes, entravam por 27 milhões, ou 60%, e as culturas cerealiferas por 11 milhões, ou cerca de 25%. Hoje os pastos são 33 milhões, ou 70%, e os cereaes 9 milhões, ou menos de 20. Em Inglaterra-Galles, sobre 26 milhões de acres cultivados, 18 estão em pastagens, 7 em cereaes e 3 em legumes e hortaliças. Na Escocia, os pastos são 3 milhões de acres sobre o total de 5 de cultura. Na Irlanda, são 12 sobre o total de 15. E ora não é a Gran-Bretanha uma grande manufactura de [illegible], e o paraiso da carne?

Os calculos formulados pelo gerente do *Earl* de Carlisle, Mr. R. E. Turnball, em um *paper* que tive occasião de vêr em Londres, dão, em 1890, sobre uma producção agricola total de 186 milhões

[illegible]
[illegible]
[illegible] as [illegible]
e [illegible] com a tonalidade e polychromia da vegetação equinoccial; [illegible] no [illegible], como as [illegible] pesadonas, [illegible] [illegible] ignorancia da alegria [illegible] dos nossos companheiros [illegible] wagones.

Uma [illegible] pensava, [illegible] as aberturas das ramagens [illegible] e [illegible] como o verde á distancia annegrado, [illegible] uma [illegible] se vae tornando cada vez mais denso, envolvendo tudo, lá para além, nos confins [illegible] da paisagem palpitante de vida. Eu sentia [illegible] uma alucinação de carne, e comprehendia como os inglezes são um povo de athletas.

II

Entretanto o comboio corria por entre um mar [illegible] de palacios encantoados na verdura com jardins que desciam em taboleiros [illegible] até ás margens da estrada, crivados de [illegible] de rhododendrons da altura de tres homens, [illegible] com plumas vermelhas, ou violetas, [illegible]-se da massa quente e forte da folhagem verde-negra. Havia *cottages* elegantes, castellos pretenciosamente carregados de ameias e torres [illegible] e agulhas: uns fingindo solares antigos, outros [illegible] bonitos de cartão. Sentia-se [illegible] d'esta paisagem, onde a humidade creadora faz brotar a carne do seio da terra. As azaleas mais humildes cerravam-se em bosques ao lado dos rhododendrons, crivando tambem de

[illegible] nas [illegible] tambem [illegible], como em [illegible] em vigor no Norfolk, para [illegible] os caminhos de ferro começaram a [illegible] ruraes, as esperanças de [illegible]. Pensou-se que os mercados [illegible] pequenas villas abundariam para [illegible] peridade nova. Todavia os caminhos de [illegible] correram tambem para o encarecimento [illegible] dos, para a despovoação dos campos, [illegible] centração da riqueza, e para o commercio [illegible] vido. A agricultura continuou a [illegible] [illegible]mente.

E parallelamente a propriedade continuou a [illegible] centrar-se. Em 1891, a area total das pro[illegible] des ruraes no Reino-Unido é de 76 milhões [illegible] acres: d'estes, 52 milhões estão em granjas [illegible] mais de 1.000 acres; 15 em granjas de mais [illegible] 100; 5 em granjas de mais de 1; e apenas [illegible] mil acres em granjas de menos de 1 acre? E [illegible] advertir que um proprietario pode possuir [illegible] granjas. Em 1890 as heranças predi[illegible] de valor superior a meio milhão sterlino foram [illegible] no total de 8 milhões; e as superiores a um milhão foram 4, no total de 6 milhões. A reacção contra o englobamento da propriedade não parece que deva dar resultados. *Latifundia perdidere Italiam*, disse Plinio; e o que succedeu na Italia antiga está-se repetindo na moderna Inglaterra. As experiencias philantropicas patrioticas de Mr. Chaplin, de Lincolnshire, não parece poderem vencer a corrente (Lord Salisbury dizia no seu discurso de [illegible], em fevereiro d'este anno: «Eu não creio que a pequena propriedade e cultura sejam o meio mais economico de arar a terra.» E verdade que

[illegible] [illegible] [illegible] [illegible] voluntariamente ás rendas, ou [illegible]. Em varios districtos, principalmente no Lincolnshire e no Essex, abandonaram-se [illegible] todas as terras. O procurador do Earl [illegible], de quem já fallei, calculava em 186 milhões o producto bruto annual da lavoura em Inglaterra e Galles, o que dá £ 8.17.6 para cada acre. Calculando o capital de exploração, gados, sementes, alfaias, adubos, etc., em £ 5 por acre, 235 milhões ao todo, o juro de 5 % são 2 shillings; calculando a renda em 14 shillings, ficam 13 de lucro liquido para o rendeiro, isto é, um juro superior a 10 %. Por seu lado, o proprietario, recebendo 14 shillings, não tira mais de 2,66 % depois de pagos os impostos, reparações, etc. Sommando a renda do senhorio e o lucro do rendeiro, a terra dará 3,12 %. São estes, porém, os calculos de um proprietario, deve advertir-se.

Dois exemplos instructivos que ouvi allegar, consistem nas terras do collegio de Oriel (Oxford) estudadas em uma interessante memoria apresentada á sociedade real de estatistica; e nas terras do hospital de Guy. As primeiras, em 1877, mediam 6,968 acres e rendiam £ 10,472: em 1890 medem [illegible] acres e rendem £ 7,689. As segundas baixaram de £ 41,840, em 1885, a £ 27,550 em 1891.

A [illegible] estrangeira collabora com o exodo [illegible] da agricultura. Ouvi toda a gente [illegible] e applaudir o proteccionismo [illegible]. Ha trinta e cinco annos, o trigo valia [?]0 shillings o quarter; hoje custa a valer 31. Os

[illegible] de [illegible] dar de sal. A media é [illegible]; [illegible] cepcional de poucos condados que [illegible] condições de [illegible], nos [illegible] do [illegible], é mais commum vêr o total [illegible] 12 e 14 sh, de que baixar a 9 ou 10. [illegible] carreiros, e abegões são pagos por anno [illegible] muito de 30 £ por anno. As [illegible] que se observam no condado para [illegible] de sobreaviso a respeito da exactidão geral das [illegible] tisticas. Ha que desconfiar das médias. [illegible] aguardar maior somma de informações locaes. [illegible]-se-me que ha cottages aprasiveis no Gloucester[illegible]shire, de rendeiros que não tiram mais de 12 [illegible]lings por semana, e com isso teem de sustentar e vestir uma familia inteira. Como se arranjam para não morrer de fome, é um mysterio. O Norfolk e o Suffolk são, ao que parece, no momento actual, os condados mais afflictivos, quanto á sorte dos jornaleiros.

O Hampshire e o Surrey, que eu ia atravessando na minha jornada para Londres, apresentavam-me com frequencia, á beira da estrada, pequeninas [illegible] cobertas de colmo, ou de lousa, baixas, com janellinhas apertadas, deixando vêr pela porta aberta um interior pobre. Mas tudo era tão nitido, tanto em ordem! Os vidros, transparentes e limpos, como [illegible]. Não ha uma casa, nem uma persiana partida, [illegible] peça, nem estrumes espalhados, e ani[illegible] refocilando-se em chiqueiros. [illegible] que o [illegible] meridional seria mor[illegible]. No jardim ha flores, e as trepa[illegible] pelos muros da casa, emboscando-a [illegible] de verdura. No terreiro, á porta, vejo

[illegible]

[illegible] o direito, como aquelles que [illegible] ou por outra, os propos [illegible] Os objectos de consumo embaratecerão [illegible] Por isso não, o jornaleiro fecha os [illegible] o quereis persuadir das excellencias do [illegible] proteccionismo. *Hodge*, é este o appellido [illegible] jornaleiro, olha com maior favor [illegible] lhe promettem melhoria de bem-estar [illegible] e gratuita. É o que lhe garantem [illegible] conselho.

Os conselhos ou juntas de parochia, [illegible] elle, como instrumento de socialisação rural [illegible] proclamados por um modo que por [illegible] ephebos do liberalismo, Gladstone, Morley, [illegible] como consideram excessivo. Escrevem [illegible] palavras d'estas: «Se se tem de usar [illegible] credito publico para a compra da terra, a compra deve fazer-se por corporações publicas e para beneficio publico. O jornaleiro trabalha 72 horas por semana, das 6 às 6 diariamente, mediante nove ou dez shillings: é tempo que um tal estado de cousas termine, para que os districtos ruraes tenham tantos, ou mais attractivos, do que as cidades para os filhos do trabalho.» Mas se, feitas as contas, [illegible] todo o rendimento liquido da terra [illegible] trabalhadores ainda assim o salario não [illegible] com os salarios fabris e urbanos? [illegible] a terra é indispensavel [illegible] [illegible] fora do bolso da legião

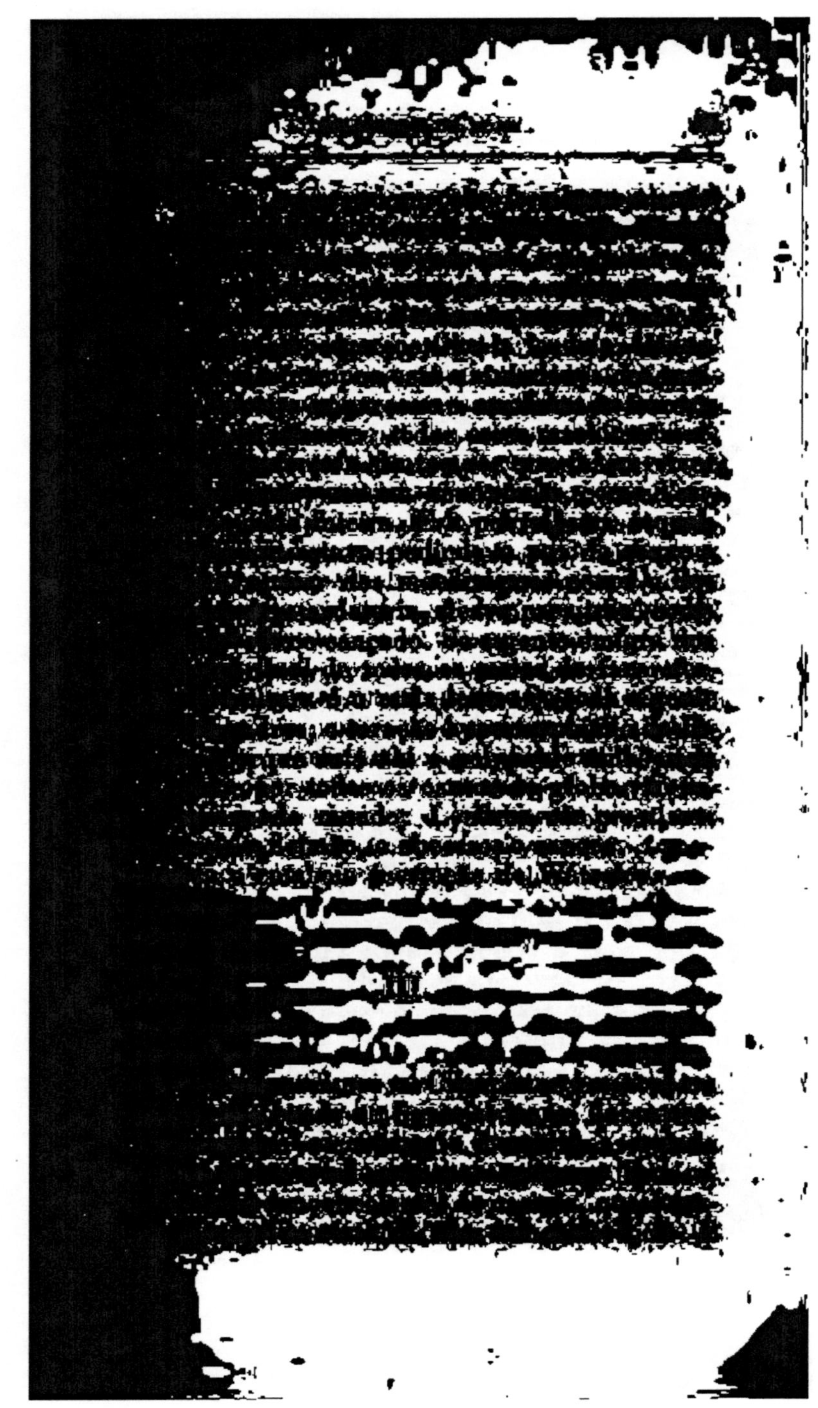

[illegible]
[illegible]
[illegible]
[illegible]
[illegible] pelo [illegible]
[illegible] que se [illegible]
[illegible]
gente, ao sentir que se [illegible]
[illegible] do mundo. [illegible]

Esse [illegible] quasi negro dos [illegible] principio se observa, como na [illegible] de um dia glorioso de junho, infunde [illegible] forte, mas não posso chamar-lhe [illegible]vel. O sol despiedadamente põe a [illegible] d'estes bairros pobres, com as suas casas [illegible]das pelo fumo, [illegible] pelos nevoeiros viscosos, [illegible] pateos, beccos, destroços, lixo, e um [illegible]menso de pequeninas chaminés erguendo-se [illegible] [illegible] de tijolo, como dedos minusculos [illegible], apontando caricaturalmente para o céo [illegible] á grotesco. Grandeza não tem, [illegible] immensidade, o mar de casas sobre que o comboio vae rodando até chegar á cova escura, que se chama Waterloo station.

Ahi, nos vasavam sobre uma rua ingreme; e para [illegible] esta primeira impressão, enfiámos a pé pelas travessas que vão dar ao Tamisa, passando a ponte do caminho de ferro, *Charing cross* (os inglezes, para brevidade, substituem esta palavra pelo signal (+) *bridge*. D'ahi, descendo as escadas [illegible] o *embankment* da margem esquerda, [illegible] ao longo do rio, em demanda do nosso hotel, [illegible] á agulha de Cleopatra.

[illegible], Londres tinha outro a[illegible]
[illegible] ali um, estendido, apertado, con-

[illegible] ao pé do altar a planta de [illegible] [illegible] que [illegible] [illegible] relampagos [illegible] [illegible] Depois, [illegible] o mesmo [illegible] [illegible] dos tectos do palacio e da torre do [illegible]

[illegible] parece que isto dá uma impressão de [illegible] contava-me o meu companheiro. [illegible] estava eu n'esse instante fitando a [illegible], onde, para além do rio, [illegible] umas barcaças de carga e [illegible] de passageiros, [illegible], como [illegible] arabes [illegible] de fabricas de chumbo de caça [illegible] d'este lado, debruçadas sobre o [illegible] as duas [illegible] de Cleopatra, [illegible] a uma [illegible]. Effectivamente o scenario tinha o [illegible] oriental. Não sei se da India [illegible] o meu companheiro, não sei se [illegible] inteiramente indefinivel, [illegible] das idéas antigas [illegible] nos tempos [illegible] [illegible]

2

trovão seguido, e os fogos da cidade illuminando os coruchéus de ouro de Westminster, [illegible] o lengal argentino do céo, me enchiam a [illegible] as visões dos quadros em que Turner [illegible] clarões tambem, a ruina da cidade do [illegible], incendiada.

Eu dava as costas á grande Babylonia de [illegible] e, por cima dos hombros, chegava-me aos [illegible] o sussurro gigantesco dos milhões de seres humanos que além se agitam na faina pesadissima de [illegible] ver uma vida por nós mesmos feita de [illegible] trabalhos, quando a natureza, meiga e simples, nol-a proporciona facil e socegada.

Ouvia o palpitar gigantesco, o trovão surdo do movimento n'essas vinte mil ruas que tem Londres, e medem tres mil milhas, e dão accesso a mais centas mil casas, e correm por ellas rios de gente em mais de dez mil *cabs*, fóra um milhar de *tramways*, fóra dois milhares de omnibus, fóra as estradas ferreas de accesso, e o *underground* que vae a toda a parte debaixo das ruas. Só cocheiros e conductores, ha um exercito de trinta mil homens. Só na *City*, amendoa d'este immenso fructo chamado Londres, creado com a substancia do mundo inteiro; só na *City*, entram por dia, todos os dias, salvo os domingos, noventa mil vehiculos e mais de um milhão de pessoas. E em um raio de seis ou sete milhas, a partir de *Charing Cross*, ha dentro do perimetro de Londres mais de quatrocentos kilometros de vias ferreas em movimento.

Londres tem o dobro de Paris, o triplo de Berlim, quasi o quadruplo de Vienna e de Nova York, o quintuplo de S. Petersburgo, mais do decuplo de Madrid, e quinze vezes Copenhague e Roma. Tem mais catholicos do que Roma, mais judeus do que toda a Palestina, mais escossezes do que Aberdeen,

[illegible]

[illegible] Franca [illegible] levam até à [illegible] pelo [illegible] todavia infanti[illegible] não comprehenda. De [illegible] os menos dotados da [illegible] ao mesmo tempo os mais [illegible] boas machinas, regula[illegible] do nucleo da City, Londres [illegible] metropole; [illegible] de Londres [illegible] um conselho municipal [illegible] [illegible] acres, que [illegible] não é [illegible] porque, independentemente [illegible] funccionar [illegible] [illegible] área eleitoral, a área fiscal, [illegible] dos conselhos das escolas, dos [illegible] etc., dentro [illegible] independentes [illegible]

[illegible]

tremantes [illegible] Regent's Park quasi [illegible]tos.

Esta cidade [illegible], mais povoada que muitas nações, entre theatros e salas de espectaculo de toda a ordem, tem quinhentos, com capacidade para trezentos mil espectadores. Tudo aqui é enorme, o que não quer dizer que seja grandioso, no sentido de magnifico. *Albert Hall* parece um amphitheatro antigo, salvo o tecto. Calculam em 58 milhões sterlinos o valor da propriedade no *inner London*, Londres interior, ou condado de Londres. Todos os numeros que accusa o *Metropolitan year book*, reportorio municipal para este anno, são correspondentemente monstruosos.

Dão os inglezes um consumo consideravel á leitura, abarrotando a cabeça de factos e numeros, sem digerir, do mesmo modo que abarrotam o estomago com *joints* meio crús e bebidas capitosas. Como teem o estomago tão rijo como a cabeça, digerem, porém, tudo, mais ou menos engulhadamente. Afóra livros, lêem mais de trinta jornaes diarios de grandissimo formato, e de quinhentas a seiscentas publicações periodicas, *reviews*, *magazines*, etc. Por outro lado, fóra o que comem em casa, comem e bebem em quatorze mil vendas, que tantas são as *licenças* para *public houses*, *beer houses*, *refreshment rooms*, *wine shops*, etc.

Esta grande colmêa de gente voraz engurgita por anno dois milhões de *quarters* de trigo; oitocentos mil bois; quatro milhões de carneiros, vitellas e porcos; nove milhões de aves; cento e cincoenta mil toneladas de peixe; duzentos milhões de *quarters* de cerveja, trinta de vinho, vinte de aguardente, que é o lume com que internamente se aquecem, queimando doze milhões de toneladas de carvão para se aquecerem contra o frio do ar, para se

[illegible] vem pôr o [illegible],
[illegible] segundo, ao longo de [illegible],
[illegible] da ponte de Charing [illegible],
[illegible] encarvoados, [illegible]
[illegible] da cabeça, um tecto de [illegible]
[illegible], a penumbra do [illegible]
[illegible] rapidamente sobre [illegible] de aço [illegible]-
[illegible] em alguma especie nova de [illegible]-
[illegible] ou o que quer que fosse, extranhamente,
[illegible] antigo. E ao desembocar na ave-
[illegible] Northumberland, sobindo-se dali de frente
[illegible] columnadas e terraços da National gallery,
[illegible] o fundo, ao alto de Trafalgar square,
[illegible], aquelles porticos, aquellas [illegible]-
[illegible] e [illegible], negras [illegible] carvão
[illegible], com as fontes em frente, [illegible]-
[illegible], e em baixo a columna de Nelson, onde
[illegible] um monte de cordoalha: tudo
[illegible] contrastado com o [illegible] excepcional-
[illegible] produzia, em mim, uma impressão [illegible]
[illegible] tragico, tanto mais que no [illegible]
[illegible] quatro bellissimos leões de Land-
[illegible] sphinges, [illegible]-
[illegible] pelo que, [illegible],
[illegible] como [illegible] antigos,
[illegible]
[illegible] da [illegible] e [illegible] das [illegible]-

structões, á grotesco, sem sciencia sem gosto, brutal e incongruente; absurdamente grande sem ser grandiosa. Não estamos em Athenas, não; não é um povo de artistas, não. Mas tambem, em Roma, os monumentos tinham um ar pesadamente colossal, que devia produzir impressões analogas ás minhas, no espirito dos gregos que visitavam a cidade imperial do Tibre.

Analogas, digo, e não eguaes, porque entre Roma e Londres a differença é enorme. Só o instincto imperial do povo se parece: o céo é outro, outro o genio da gente. Apesar da sua inferioridade esthetica, nunca a um romano occorreria a idéa de espetar um pára-raios na cabeça do duque de York, que de sobre a sua columna olha para o park S. James; nem de expôr, nú e do tamanho de um rhinoceronte, o Duque de Wellington, em attitude de Alcides de feira, brandindo uma faca de cozinha, á entrada de Hyde-Park.

Decididamente, Londres, vista por fóra, pesa-me sobre o coração. É *oriental*, como quer o meu companheiro, se por esta palavra significamos as cousas monumentalmente esmagadoras.

Estamos aqui no coração do monstro. Olhando para baixo, dos terraços da *National gallery*, estende-se a rua de Whitehall, que leva em linha recta a Westminster e ao Tamisa, com o palacio historico, onde Wolsey ostentava o seu luxo quasi real; onde Henrique VIII, em um baile de mascaras, perdeu o coração por Anna Bolena, e Carlos I perdeu a cabeça em um patibulo, nos tempos tragicos da historia ingleza. Agora, os *horse guards* fazem sentinella, aprumados, trazendo á cabeça as barretinas monumentaes do principio do seculo. As secretarias dos Estrangeiros e da India, o almirantado, o thesouro, alinham-se á direita da larga ave-

[illegible] pelo *Mall*
[illegible] *Pall Mall* com
[illegible] avenidas que [illegible]
[illegible] portas de carvalho e janellas
[illegible] vidraças, como espelhos, [illegible]
[illegible] as poltronas incomparaveis
[illegible] ainda do que a [illegible]
[illegible] luxo solido e confortavel, [illegible]
[illegible] inglezes. [illegible] as familias
[illegible]

[illegible] fica Saint-James, o palacio [illegible]
[illegible] e uma porta de puro estylo Tudor;
[illegible] da construcção, massiça e [illegible]
[illegible] ao clima e á paisagem. Não fere pela
[illegible] o classico. Cá no principio de *Pall*
[illegible] a praça de Waterloo, com o seu [illegible]
[illegible] Crimea: granadeiros de [illegible] como
[illegible]; mas felizmente aqui são de bronze.
[illegible] ou falisse! Para cima, subindo, vae
[illegible] que logo se desenvolve em uma bella
[illegible] londrinos teimam em chamar [illegible]
[illegible] d'esse quadrado curvo, que
[illegible] Street para o norte, começa, em [illegible]
[illegible] Piccadilly para oeste. São as duas gran[illegible]
[illegible] mundana.

[illegible] do terraço da galeria, onde
[illegible] a encruzilhada de *Charing*
[illegible] do *Mall*, o *Strand*, longa arteria
[illegible] ligando a Londres [illegible] com
[illegible] de quatro mi[illegible]
[illegible] de *Charing Cross* a
[illegible] da *City* á residencia do lord

Á frente da praça de Trafalgar, [illegible] Whitehall, cortada ao meio pela avenida [illegible] thumberland, é o bairro dos hoteis de [illegible] Londres. São casas enormes de seis andares [illegible] risianno, reproduzindo pesadamente o genero [illegible] chitectura urbana continental. Estão ahi o [illegible] pol, o Victoria, o Grand Hotel; e no Strand, [illegible] pouco adiante, o Charing Cross Hotel, na [illegible] estação do caminho de ferro.

N'esta inspecção que fizemos, reconhecemos [illegible] typos architectonicos differentes; o Tudor, o [illegible] sico, e o continental-phalansteriano dos quarteirões massiços de Paris. Ha outros generos de casas [illegible] a accrescentar ainda. Ha, primeiro, o estylo [illegible] nha Anna, semelhante ao jesuitico peninsular, [illegible] que a fachada e a torre de Whitehall são um [illegible] plo; e ha o typo corrente da casaria antiga, [illegible] estylo, nem preoccupações artisticas. É um muro [illegible] tijolo liso com tres aberturas rectangulares em [illegible] um dos tres andares: o terreo e dois superiores. [illegible]

Quatro quintas partes de Londres, incluindo [illegible] bairros miseraveis, são assim: ruas inteiras, [illegible] enormes, de pequenos alveolos, sem a minima idéa de apparato scenico, formando os *homes* de John Bull. Cada casa tem um morador só: fechada a porta, é um baluarte inviolavel por lei. A porta [illegible] luz com os fechos amarellos brunidos todos os dias; os vidros das janellas não teem um grão de poeira, nem uma mancha de agua. Por fóra ha flôres quasi sempre nos parapeitos; por dentro ha sempre cortinas, mais ou menos ricas, mais ou menos conchegadas. Tem tudo um ar de limpeza e conforto abastado. Ás vezes, em frente da casa, rasga-se um fosso defendido por uma grade que limita a rua; outras vezes é um pequeno jardim; outras vezes, apenas olhos-de-boi, de vidro grosso, como nos navios, para

[illegible]

[illegible] povo protestante, [illegible] o desdenhar das [illegible] estes motivos, não era um [illegible] grotesco dessa [illegible] época. [illegible] sobremodo, fórtes [illegible] fôram [illegible] guerras napoleonicas [illegible] por toda a parte, [illegible] por sobre [illegible] cabeça.

[illegible], o enriquecimento espantoso da [illegible] fortuna excepcional, affectaram [illegible] e modificaram o aspecto da [illegible] inglezes quizeram [illegible], a sua capital, [illegible] que affectam pelo Continente [illegible] ras e compartimentos, á franceza, substituiu o *home* inglez; vieram as construcções em tijolo vermelho e terra-cota á moda allemã de Munich e da Prussia; veio finalmente a restauração do estylo nacional Tudor, que predomina nos palacios e nas casas communs, e no qual, mais ou menos, se inspiram as duas maiores construcções modernas de Londres: Westminster, e os tribunaes de Justiça.

Sem duvida alguma, é preferivel ás horrorosas columnadas e tympanos romanos. Casa-se melhor com a paisagem; dá uma impressão mais conforme com o clima: mas, verdade, verdade, tem o ar... de todas as reconstrucções eruditas. Tem um ar de *bric-à-brac*. Vê-se o esforço de gente rica imaginando que com dinheiro se obtem tudo, e que á custa de milhões, querem tambem ser artistas. Bem lhes basta o que são.

Porque os monumentos verdadeiros da Londres de hoje, quanto a mim, hão de vêr-se nas construcções espontaneamente nascidas das necessidades do caracter dominante d'essa civilisação carthagineza. São os palacios de crystal das exhibições populares; são as pontes massiças e utilitarias; são as *gares* medonhas, onde o povo se apinha na vertigem do movimento, e as paredes, os tectos, o chão, os muros, os bancos, as vedações, absolutamente tudo, está coalhado de annuncios em lettras colossaes, de côres estridulas, para á força chamar a attenção.

O annuncio, o phrenesi de cartas, foi das cousas que mais me impressionaram. Perseguem-nos por toda a parte. Nas estações são um delirio. Pintam com elles os omnibus. Forram com elles as carruagens. Penduram-nos ao alto nas empenas das casas em grandes lettras douradas, suspensas, que o vento baloiça. São as harpas eolias inglezas!

[illegible] vida. O [illegible] [illegible] [illegible] [illegible] praticas, uma [illegible] carnavalesco? Não [illegible] passagens, pendurados [illegible] cento de cartazes [illegible] uma [illegible] e não era [illegible] pagam, e como se [illegible] reclamos, é triste pensar que [illegible] de um grande povo, obedeça [illegible] ao charlatanismo; ou que seja neces- [illegible] meios charlatanescos para despertar [illegible] A excentricidade ingleza mostra-se nas [illegible] do annuncio; mas o reclamo [illegible] de todas as grandes cidades [illegible] agglomerações de gente intelligente [illegible] Será que a civilisação, como tantos [illegible] de uma doença? Ou será que [illegible] inglezas, é uma effeito [illegible]?

[illegible] porém, repare que tenho feito uma [illegible] de Londres que é a terra mais popu- [illegible]

[illegible] de Londres, pelo censo de 1891, tem [illegible] habitantes; e a Londres policial, ou gran- [illegible] 1.[illegible]. Somma: 5.[illegible], [illegible] de [illegible], quasi tanto como [illegible] Belgica, mais do que a da Hol- [illegible] de Portugal, e cerca do triplo da [illegible] massa. É a cidade mais populosa do [illegible] county of London, a terra onde a gente [illegible] comprimida. A densidade londrina de [illegible] tes por acre, só excede Liverpool, esse [illegible] negro, onde em cada acre ha 118 [illegible] ciamente o dobro. Ha trinta annos, o con[illegible] Londres tinha 2.803.847 habitantes, e a [illegible] terior 418.873. Somma: 3.222.720. Em [illegible] nos, subiu 80 %. No interior da cidade, o [illegible] cimo foi de 50; mas, resfolegando para [illegible] pulação da zona exterior cresceu duas vezes [illegible] Não ha cidade no mundo que, em numeros [illegible] bidos, apresente uma ascenção comparavel [illegible] admira, pois, como sorve e aspira a população [illegible] campos. Londres representa um setimo da po[illegible] ção inteira da Inglaterra-Galles.

Não ha tambem, entre as grandes capitaes [illegible] nhamos em que o augmento proprio da popul[illegible] pelo saldo entre os nascimentos e os obitos, [illegible] maior.[1] Sem falar em S. Petersburgo, onde a [illegible] talidade excede muito a natalidade; desde Ma[illegible] que tem o saldo de 0,1 por mil, ha uma escala [illegible] alto da qual se acha Londres com um saldo de [illegible] por mil. O genio familiar da gente, a grande pro- porção de miseraveis, e tambem as condições hy-

[1] Proporção por milhar:

	Nascimentos	Obitos	Saldo
S. Petersburgo	37,8	51,4	— [illegible]
Madrid	37,5	37,4	+ 0,1
Roma	27,2	26,8	0,4
Paris	30,5	28,6	1,9
Nova York	34,6	26,2	8,4
Berlim	37,5	27,6	9,9
Vienna	39,2	29	10,2
Londres	35,2	21,5	13,7

[illegible]

[illegible] Lado a lado, [illegible] [illegible] inimigas e [illegible]

[illegible] com que [illegible] [illegible] mais vielhas repugnantes do [illegible] gente do leste [illegible] [illegible] da existencia do que [illegible]. O *West End* para elles é uma terra [illegible] em que a descobriram. [illegible] foram um [illegible] [illegible] a multidão de selvagens [illegible] e a Londres [illegible] quando viu o acampamento de hor[illegible] do que as de Attila, acampando [illegible] da praça, ao lado dos leões magnificos [illegible] parecia rugirem.

[illegible] de mais de um milhão de mise[illegible] os alicerces solidos da população

[illegible], mais ou menos regulares	[illegible]
[illegible]	[illegible]
[illegible] nunca [illegible]	[illegible]
[illegible] irregularmente	[illegible]
	[illegible]

opulencia: dois milhões de homens [illegible] abrangidos [illegible] mil [illegible] eos; erguendo-se para o céu como [illegible] rochedos doirados d'esta immensa cathedral [illegible] as flores opulentas da civilisação, magnolias [illegible] chideas, flores opiparas, regadas com o [illegible] mundo inteiro, desabrochando em [illegible] ruagens, nas avenidas umbrosas de Hyde [illegible] tarde.

Tódo este povo se revolve n'uma agita[illegible] contrada e intensamente grave, quer trabalh[illegible] se divirta. Quem passa do continente, vindo d[illegible] ris para cá, observa que a intensidade da [illegible] da vida subiu consideravelmente. O vapor [illegible] mido espirra pelas juntas, o movimento da m[illegible] é mais apressado, os golpes do embolo mais [illegible] a vida mais forte, a riqueza mais solida, o [illegible] mais firme, mas tambem mais contrafeito. A [illegible] china humana produz aqui mais trabalho util, [illegible] tambem com uma usura superior. As suas [illegible] desperdicios são o milhão de desgraçados q[illegible] condensadores resfolegam constantemente no [illegible] immenso e negro da miseria, da bebedeira e [illegible] crime. E os seus fracassos são os accidentes e [illegible] das, que todos os dias occorrem. Nas ruas ha [illegible] desastres por dia, trezentos mortos por anno. E [illegible] meio d'esta babel, perdem-se todos os annos dese[illegible] sete mil pessoas, quasi tudo creanças,[1] sumindo-se de todo na voragem uns milhares de creaturas, como se somem no oceano os que a onda, n'um bracejar, atira pela amurada fóra. E sobre o fermentar tumultuoso da grande caldeira da gente, paira a legião dos policias, mudos e automaticos.

[illegible] [illegible]2.878 creanças, 3.961 adultos.

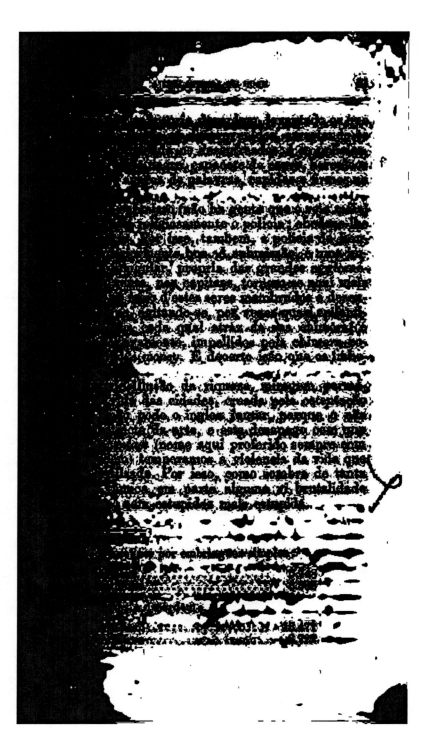

[illegible] [illegible] [illegible] [illegible]. Agora, já na viagem, a [illegible] moçado o ouvir o estribilho que em Londres [illegible] segue como os mosquitos nas praias, [illegible] sibilado, grunhido, gritado, chilreado, [illegible] toda, por todos os sexos — ha varios, [illegible] por todas as edades: [illegible] que pretende ser uma cantiga.

Ta ra ra boom de ay!

Que quer dizer? Não importa. É um [illegible] tincto: cada qual mette n'elle o que melhor [illegible]. Assim começaram as linguas, nos [illegible] primitivos: pelas interjeições.

A vida das grandes cidades tem mais de um [illegible] de contacto com a vida selvagem. O homem [illegible] ebulição tumultuosa, regressa ao estado [illegible] um crepusculo intellectual, em que apenas [illegible] tem intuições, vagas como fogos fatuos.

Ta ra ra boom de ay!

era o estribilho patusco de uma canção, um[illegible] certa actriz cantava no theatro varias scenas [illegible] rescas da vida alegre, terminando cada copla [illegible] uma volta de dança lubrica, acompanhada pela [illegible] rega do Ta ra ra boom.

Esta [illegible] pegou. Era a delicia dos londrinos, quando travei relações com elles. Os velhos [illegible], o puritanismo classico, a austeridade que esse povo envergou, seguindo, depois da [illegible] do seculo XVIII, velam as faces de vergonha. A Inglaterra, que tantos annos viveu na pose do pa-

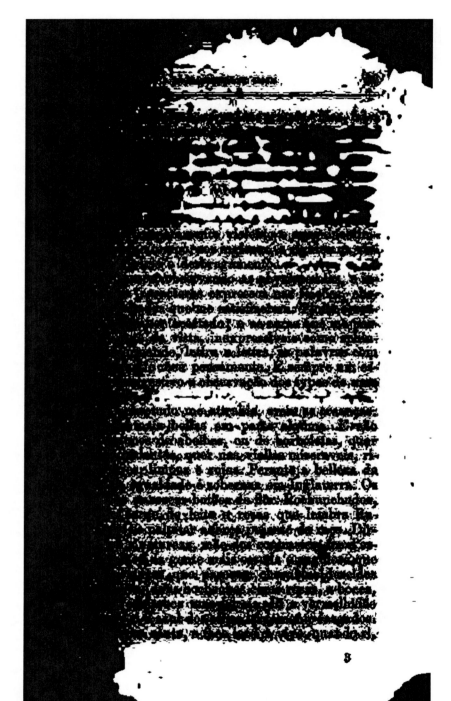

[illegible] [illegible] [illegible] [illegible] dos, o [illegible] [illegible] [illegible] para [illegible] [illegible]

Depois, os cabellos soltos [illegible] louros, como linho córado ao sol [illegible] ouro, nas cabecinhas leves de [illegible] corpo já espigado, flexivel como um [illegible] saltando, chilrando á maneira de [illegible] e sabido [illegible] de Victor Hugo. [illegible] bem tocam [illegible] estas [illegible] de [illegible] fez o retrato na Dora do *David Copperfield* [illegible] com que batem para o ether da [illegible] azas que as levam em vôos por [illegible] plantando por toda a parte o [illegible] de [illegible] do-lhe encanto, amor e paz, nas horas [illegible] lucta cruel da vida.

Basta, porém, de creanças. Vamos [illegible]

John Bull, o typo caricatural do *Punch* [illegible] pode dizer que já hoje seja o representante [illegible] drinos. John Bull ficou provinciano. Desabro[illegible] o botão de flôr produz agora uma creatura [illegible] A creança de leite e rosa, que dava uma [illegible] *bull-dog* sobre um corpo espesso de [illegible] e ventre proeminente, as botas de [illegible] attitude insolentemente pesada, dá, agora que [illegible] seculo de força universal e riqueza [illegible] [illegible] sobre a raça, um typo mais [illegible] agil, mais adelgaçado. Mais sympathico? [illegible] Ha menos bonhomia. O olhar fixo e brilhante [illegible] o dos felinos, está denunciando o caracter [illegible] vida moderna, alheia ao repouso e á [illegible] dos antigos tempos, em que John Bull [illegible] vivia como *farmer* o seu campo, descuidado [illegible] Hoje tem de viver por força no torvelino da [illegible] tem de se industrialisar, deitando-se, na [illegible] [illegible] dos homens, á caça da lebre que se cha[illegible]

[illegible] [illegible]

Porque [illegible] bocca das mulheres [illegible] principalmente outras qualidades, [illegible] se. . . , longamente servido [illegible] nhado pela inclinação das palpebras [illegible] mysticamente avelludados, ou os [illegible] beiços vermelhos de romã, como [illegible] dá, um *oh! . . . ah*, de admiração [illegible] dignação sentida: todas essas [illegible] bocca dos homens nós fazem [illegible] lheres dão á conversa o tal tom de [illegible] municativa, d'onde, com o instincto [illegible] o *flirt*. (A indeterminação, a nevoa, [illegible] é tambem o amor constipado.)

É que o clima, em vez de [illegible] homens, a vida impõe o excesso de [illegible] sico, e a glotoneria correspondente, [illegible] abundante. A hypertrophia da machina [illegible] ralysa o desenvolvimento da intellectualidade [illegible] da vida torna-se vegetar agradavelmente [illegible] clima ingrato, põe-se, por um esforço [illegible] imaginação, o paraiso no *home*, aconchegado [illegible] defendido contra as intemperies. A verdade [illegible] é que este ideal do *home* é para o inglez [illegible] são inconsciente, como teremos occasião de [illegible] De facto, o instincto intimo da raça é [illegible] cada vez mais, as facilidades das viagens [illegible] tuam este traço de caracter.

Nas mulheres, porém, taes condições de vida [illegible] tando-se á sentimentalidade ingenita da [illegible] dessem uma combinação admiravel para [illegible] esse principado de que justamente gosam [illegible] glaterra, mais do que em parte alguma do [illegible] É que, tambem, primam por tantos lados [illegible] pois, contrastam singularmente com os [illegible]

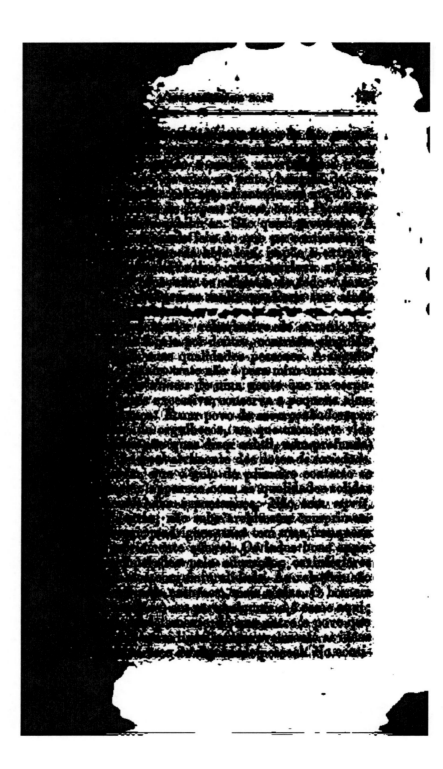

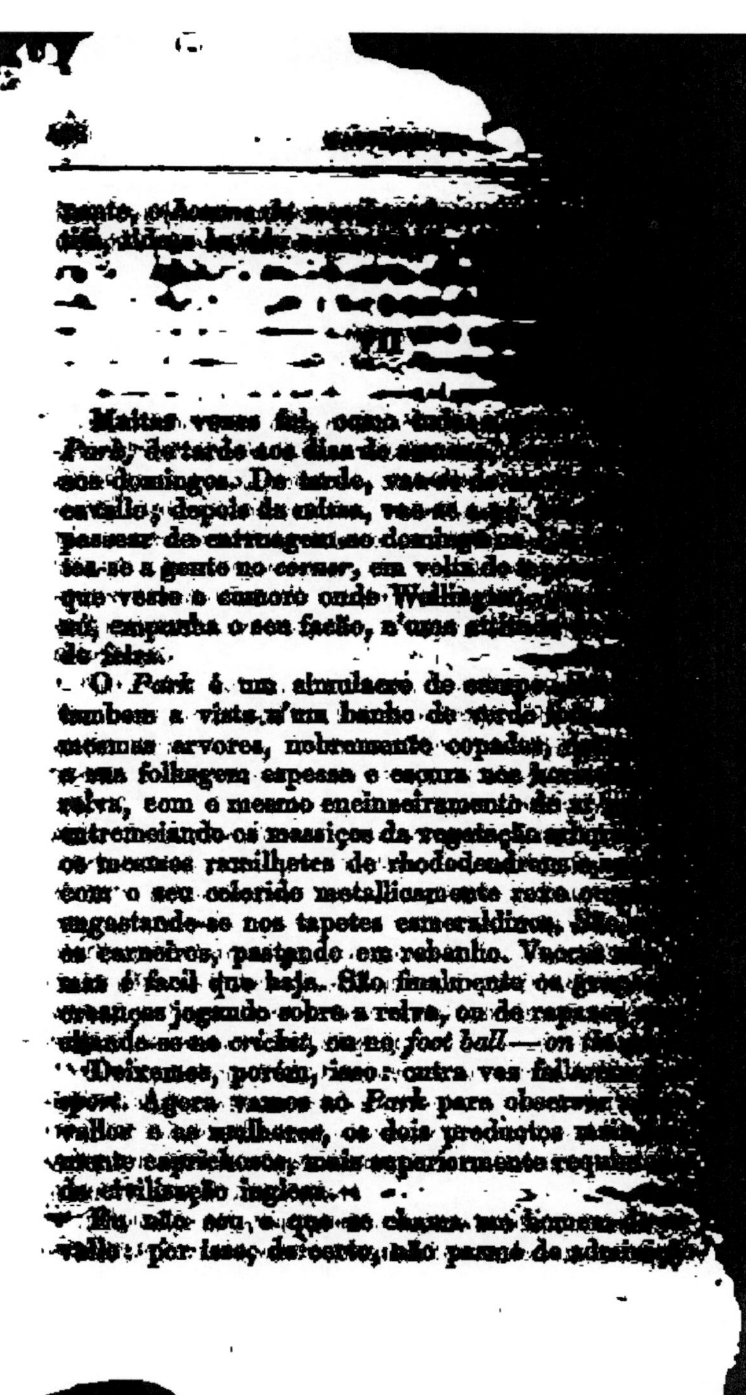

VII

Muitas vezes fal[illegible], como [illegible] *Park*, de tarde aos dias de [illegible] aos domingos. De tarde, [illegible] cavallo; depois da missa, vê-se [illegible] passear de carruagem ao domingo [illegible] ta-se a gente no *corner*, em volta de [illegible] que verte o cantoro onde Wellington [illegible] ali, empunha o seu facão, n'uma [illegible] de falsa.

O *Park* é um simulacro de campo [illegible] tambem a vista n'um banho de verde [illegible] mesmas arvores, nobremente copadas, [illegible] a sua folhagem espessa e escura nos [illegible] relva, com o mesmo encineiramento de [illegible] entremeiando os massiços da vegetação [illegible] os mesmos ramilhetes de rhododendros [illegible] com o seu colorido metallicamente roxo [illegible] engastando-se nos tapetes esmeraldinos. [illegible] os carneiros, pastando em rebanho. Vaccas [illegible] mas é facil que haja. São finalmente os [illegible] creanças jogando sobre a relva, ou de rapazes [illegible] -se ao *cricket*, ou ao *foot ball* — ou [illegible]

Deixemos, porém, isso: outra vez fallaremos [illegible] *sport*. Agora vamos ao *Park* para observar [illegible] vallo e as mulheres, os dois productos [illegible] mente caprichosos, mais superiormente requin[illegible] da civilisação ingleza.

Eu não sou, o que se chama um homem de [illegible] vallo: por isso, de certo, não passo de admira[illegible]

gada a desabrochar aos [illegible] cabêlo; cujas [illegible] a perfeição [illegible] tar na vermelhidão [illegible] cripta [illegible] descer das palpebras franjadas da [illegible] a-mãe, [illegible] imagem da [illegible] do [illegible], cujas palavras [illegible] nas, e cujo olhar tem [illegible] verdade, dá vontade de a [illegible] diante d'ella, não como diante das [illegible] sim com a adoração devida aos [illegible]

São, com effeito, ellas e os [illegible] productos artificiaes superiores do [illegible] São o que a raça tem de melhor. São [illegible] esses typos idealmente encarnados [illegible] kespeare: Virginia, Imogenia, Desdemona, [illegible] lia, Julieta; ou de Dickens: Esther, Agnes [illegible] mais bella e mais perfeita flôr feminina, [illegible] a mulher é apenas a poesia da mocidade [illegible] Para isto, ninguem leva a palma á mãe [illegible] logras no continente: as allemãs; mas são [illegible] e desconsabidas. Para virgens, as inglezas [illegible] tambem a acceitação que teem as madonnas pre-*raphaelitas* de Millais e dos pintores de hoje [illegible]

— Mas, ainda assim, e apesar do orgulho que [illegible] glezes têem das suas *misses*, esse culto é [illegible] pela veneração prestada unanimemente á [illegible] matrona, ingleza *accomplished*; cujo fim na [illegible] satisfazer a todas as conveniencias e ritos [illegible] dando a seu marido a plenitude de uma [illegible] [illegible] e de uma [illegible] dade perfeita a ponto de se morrer de tedio [illegible]

— Porque, a efflorescencia das creças dura [illegible] um instante. A belleza tem a *[illegible]*; [illegible] frescura da pelle, na ingenuidade do olhar, [illegible]

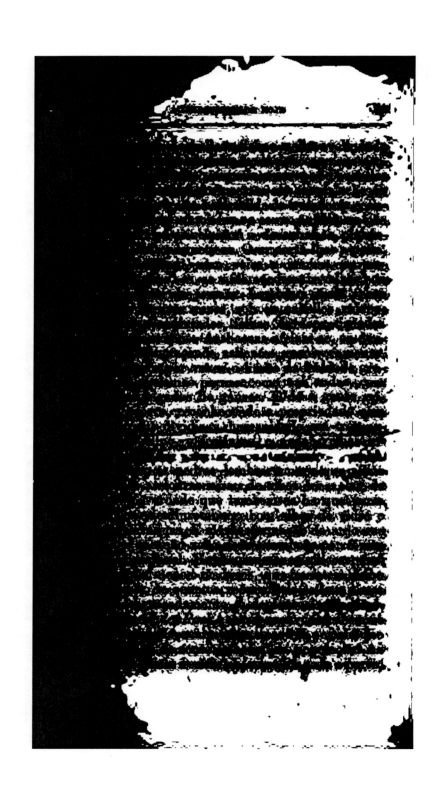

que, medianas parisiense [illegible] [illegible] [illegible], para a [illegible] [illegible] do [illegible] do vermelho que aquenta os [illegible] o clima, sem sol nem luz, [illegible] res, o torna inimpressionavel [illegible] vez provenha d'isto a falta de [illegible] da vista e do olfacto. Talvez [illegible] a facilidade com que são [illegible] Flagrantemente, as mulheres [illegible] na devassidão. E o vicio, [illegible] [illegible]-me, e é, aqui mais franco [illegible] [illegible] de concupiscencia. A' [illegible] ou ao clarão sepulchral da luz electrica, [illegible] irregulares das ruas a oeste de *Trafalgar* [illegible] em torno de *Hay-market*, sob as arcadas [illegible] *Mall*, no começo de *Picadilly*, para [illegible] [illegible], ao longo de *Regent Street*, e [illegible] opposto, na embocadura do *Strand*: Nelson [illegible] da sua columna, mais os seus quatro [illegible] [illegible], presidem a um mercado da mesma [illegible] e maior ainda, do que o dos velhos templos [illegible] [illegible].

É então que Londres tem um aspecto ver[illegible] [illegible] oriental: quando a orgia, sob a [illegible] policia, larga o vôo desenfreado, e os grupos [illegible] bacchantes vão correndo nos passeios das ruas [illegible] [illegible] ao ar os seus risos, de braço dado a [illegible] [illegible] com a luxuria, por entre os clarões [illegible] da luz electrica, ou sob a illuminação [illegible] [illegible] do ar pesado. A onda que [illegible] [illegible] femininos que [illegible] [illegible]. Aqui, é o salão vestibular dos restaurantes [illegible] que se fecha; além é o *Alhambra*, [illegible]

[illegible]

VIII

Um dia, saindo eu de Londres [illegible] Richmond, arrabalde a sudoeste, [illegible] kilometros do coração da cidade, que [illegible] tinha embarcado na estação da ponte de [illegible] vinha com os ouvidos cheios da [illegible] ordinario da City, onde por vezes as [illegible] litteralmente atulhadas de gente e de [illegible] das as especies. Occorriam-me as idéas [illegible] da actividade e do espirito pratico dos ing[illegible] embalado pelo rodar monotono do comboi[illegible] gerindo a minha admiração indolente, quando [illegible] acaso, fixo a vista em um aviso, que [illegible] mim tomava a carruagem de lado a lado: «[illegible] sageiros são advertidos de que este compar[illegible] é feito para conter dez logares, cinco [illegible] banda.»

Apanhei.

«É este o espirito pratico? É isto actividade [illegible] Dezoito palavras, quando bastam duas? Na [illegible] bastava escrever-se: «dez logares», e toda a gente [illegible] tende que são os do compartimento, e que tem [illegible] metade por cada lado, e que o aviso é d[illegible] sado aos passageiros. Lembrei-me então do [illegible] de uma comedia de Shakespeare: *Much ado* [illegible] *nothing*, que se traduz por esta fórma: «Muito [illegible] ho para nada.» Toda esta gente, com [illegible] agitação immensa, não direi para nada, que seria [illegible]

[illegible]

[illegible] depois [illegible] levantou-se [illegible] grandiosa que [illegible] mesmo era excellente, e o [illegible]

De todos os sitios classicos [illegible] dres, Richmond, o passeio favorito [illegible] pareceu-me o mais naturalmente [illegible] assim o nome que antigamente [illegible] nome de agora vem de ter sido [illegible] sidencia, no principio do seculo XVI, [illegible] da dynastia dos Tudors, Henrique [illegible] que de Richmond. E pareceu-me [illegible] bem porque, desde muitos dias [illegible] que não via livre de agitação [illegible] tal carthaginesa.

Um domingo que fui a Hampton [illegible] adiante, além de Kingston, tambem [illegible] o caso mudou completamente de figura. [illegible] com uma caravana que ia ver o palacio [illegible] bojo cheio de gente. Iam gravemente, [illegible] vão cumprir um dever. Não se ouvia uma [illegible] solta, nem um riso. Via-se que iam em [illegible] Era domingo, e o dia do Senhor não se [illegible] lias. Só pude perceber alguma *flirtation* [illegible] tre os moços da caravana. A gente idosa [illegible] como cegonhas, de pé no ar, que se não [illegible] dormem, scismam, ou observam, diante dos [illegible] de tijolo, coroados de torres e ameias: [illegible] um tom negro avermelhado, em que a hera, [illegible] passado, destaca as suas rendas verdes de folha[illegible] brunida.

No arco da entrada cartazes impressos em [illegible] as letras recommendavam aos visitantes que [illegible] dassem com ordem e socego: *orderly and quiet*[illegible] Esta recommendação, para além do canal, [illegible] dicula, ou phleumatica. Entrámos pelo terreiro [illegible]

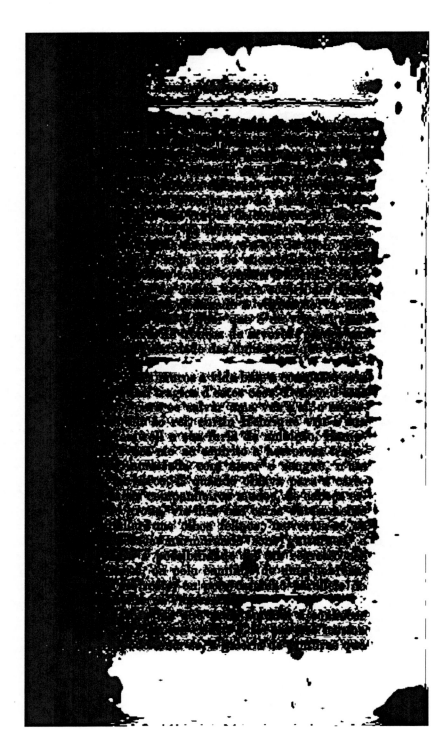

o palacio [illegible] ao tempo de Jorge [illegible]
VI, porém, e quando [illegible]
melhante ao de Luiz XIV [illegible]
os quartos de cama regios, [illegible]
monarchas eram aos, [illegible]
scenas dos seus respectivos [illegible]

E sob esta impressão [illegible]
ravana, sobre o terraço da [illegible]
jardins.

Que mudança, abençoada [illegible]
sensaboria! Cá estamos com as [illegible]
cezes, superficies lisas, linhas [illegible]
cornijas, arcadas, symetria, regularid[illegible]
tos de uma architectura que, ainda qu[illegible]
e esta está longe de o ser, só se comp[illegible]
ar secco e limpido, com o chão escalvad[illegible]
lho, com o terreno accidentado que levant[illegible]
hombros herculeos, como um remate [illegible]
de uma columnada sobre que assenta [illegible]
do frontão, destacando-se triumphalmente [illegible]
luminoso do céo côr de saphira.

A minha Inglaterra tragica de ha pouco [illegible]
cia-me caricata. E então a caravana dos [illegible]
provocava em mim gargalhadas que eng[illegible]
immoveis como cegonhas, olhavam com [illegible]
basil, grunhindo respeitosamente:—*Beauti[illegible]*
magnificent....

Dando costas á fachada, alonguei-me pel[illegible]
dins, construidos tambem á moda francesa [illegible]
Notre, porque, d'este lado, Hampton Court [illegible]
arremedo de Versailles. São os mesmos arrua[illegible]
com platibandas e estatuas, o mesmo arranjo [illegible]
trico, os mesmos lagos quadrangulares ou [illegible]
lares, gradaria bordados por balaustradas, [illegible]
[illegible] cavalheiros e damas, vestidos de seda, [illegible]

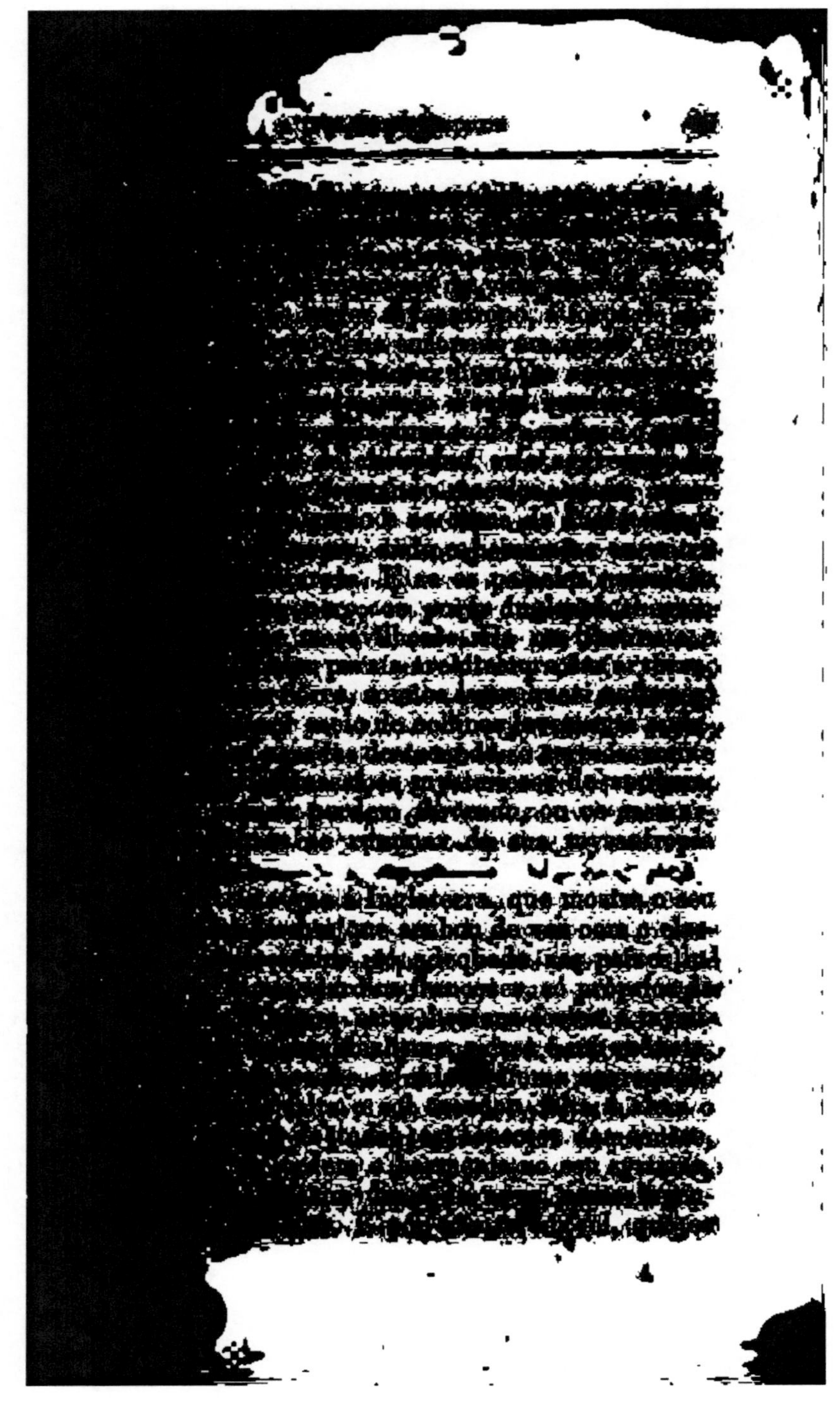

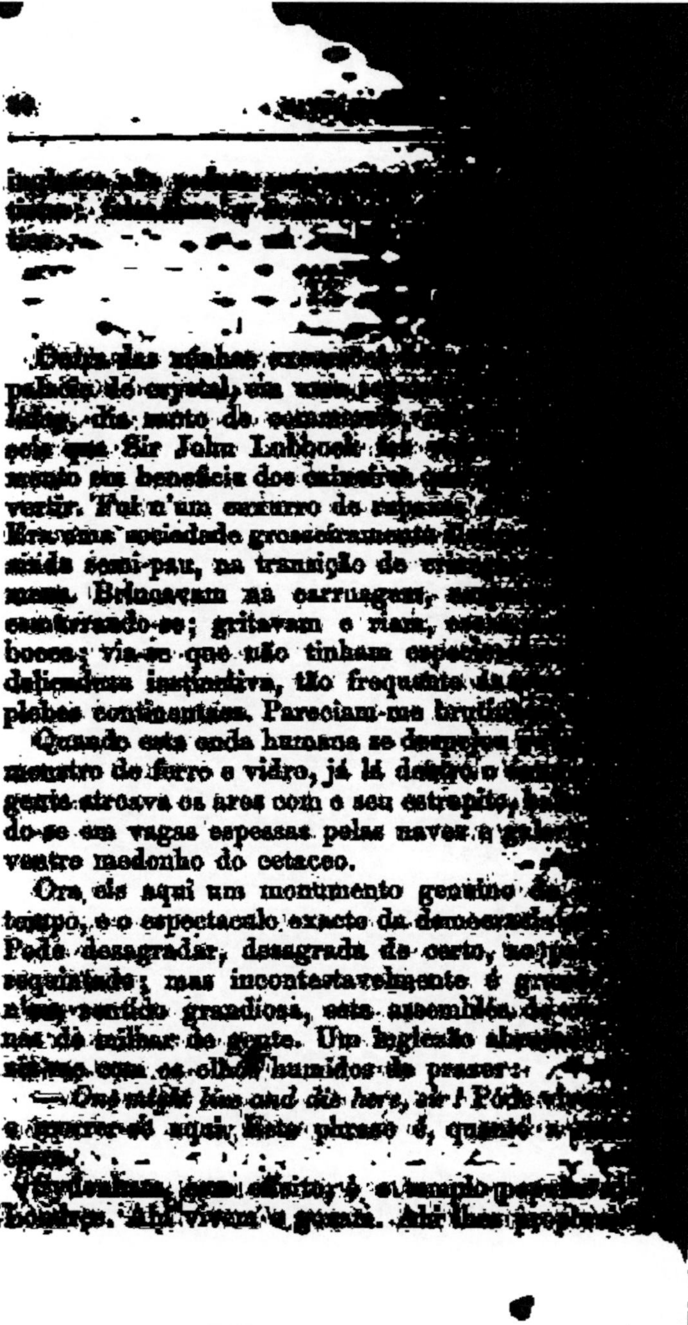

Deixa das minhas excursões ... palacio de crystal, em uma ... bâng, dia morto de commercio ... sei que Sir John Lubbock fez ... muito em beneficio dos caixeiros que ... vertir. Fui n'um carro da ... Era uma sociedade grosseiramente ... ainda semi-pau, na transição de ... mem. Brincavam na carruagem, ... enterrando-se; gritavam e riam, ... bocca; via-se que não tinham ... delicadeza instinctiva, tão frequente ... plebes continentaes. Pareciam-me brutis...

Quando esta onda humana se despejou ... monstro de ferro e vidro, já lá dentro o ... gente atroava os ares com o seu estrepito, ... do-se em vagas espessas pelas naves e gale... ventre medonho do cetaceo.

Ora eis aqui um monumento genuino d... tempo, e o espectaculo exacto da democracia... Póde desagradar, desagrada de certo, ... sequinidade; mas incontestavelmente é gran... n'um sentido grandioso, esta assembléa de ... nas de milhar de gente. Um inglezão ... mim, com os olhos humidos de prazer:

— *One might live and die here, sir!* Póde-se ... e morrer-se aqui. Esta phrase é, quanto ...

Sydenham, com effeito, é o ... Londres. Alli vivem a gente. Alli lhes propo...

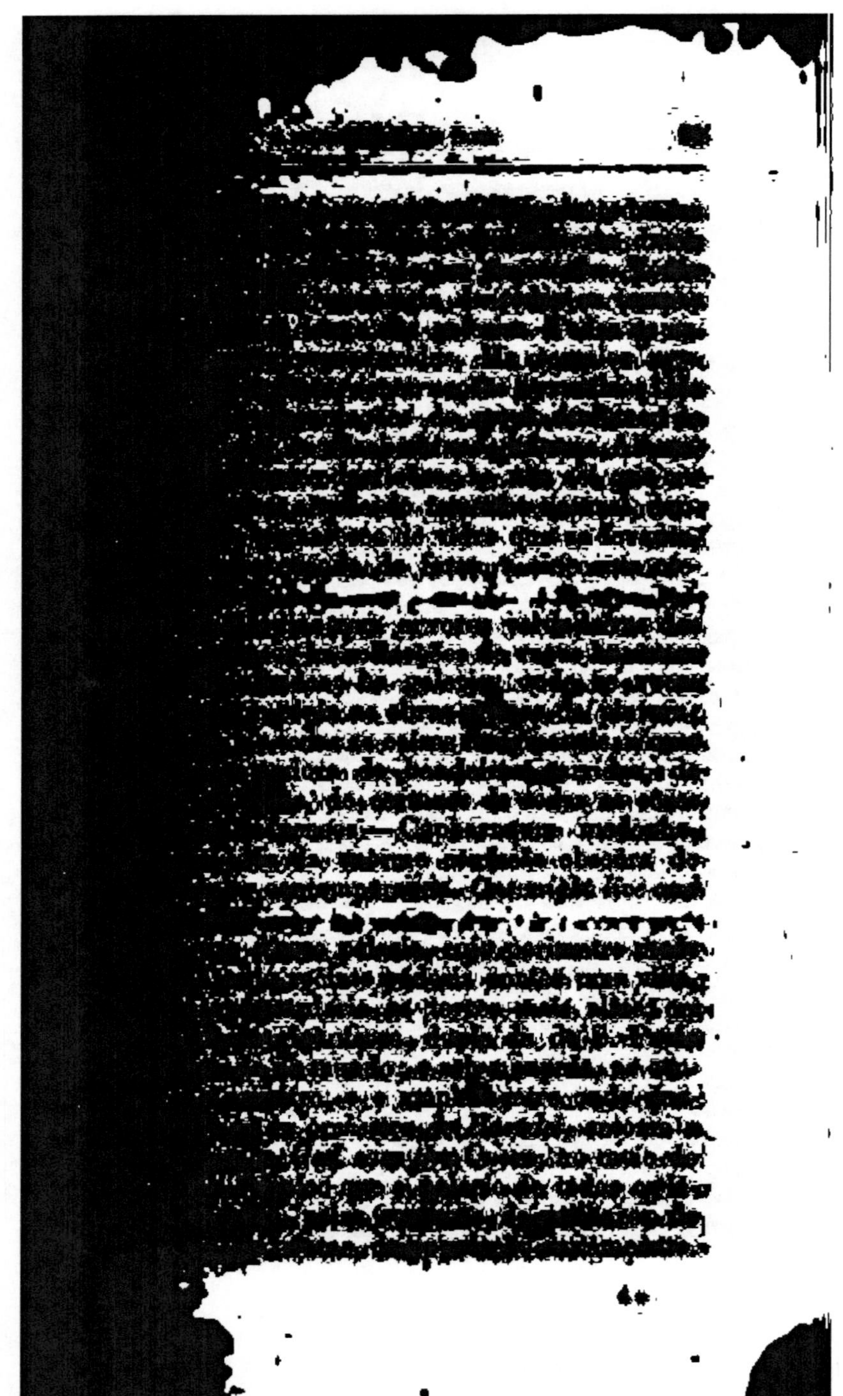

[illegible] o mesmo, com a mesma [illegible] Do [illegible] livre. [illegible]

Não no livro, porém, [illegible] pectaculo da kermesse que vae pelo [illegible] dos terraços do palacio, o picnic [illegible] fumos do estacão [illegible] bandos alegres que, [illegible] mam, bebem, [illegible] dançam jiga a um batuque [illegible] do *banjo*, que é uma guitarra [illegible] pandeiro em vez de caixa [illegible] rasgado tomado aos negros da America [illegible] tro lado entornam-se garrafas de [illegible] ri-se: o chão fica alastrado de papel [illegible] Para outro lado, estendidos na relva [illegible] contra corpo, e abraçados, rapazes e rap[illegible] pares, mordem-se com beijos, rindo [illegible] vel d'isto, de dia, em Portugal, á luz do [illegible] só de noite, quando o fogo da [illegible]

E detraz de [illegible] levanta-se até ás nuvens [illegible] tre immenso o palacio de vidro e ferro, [illegible] sobre que o sol, já descendo para o poente, [illegible] raios incendiantes. A crusta do [illegible] a [illegible] que lhe vae lá dentro; [illegible] [illegible] da cathedral [illegible] [illegible] levantam-se para o céu as [illegible]

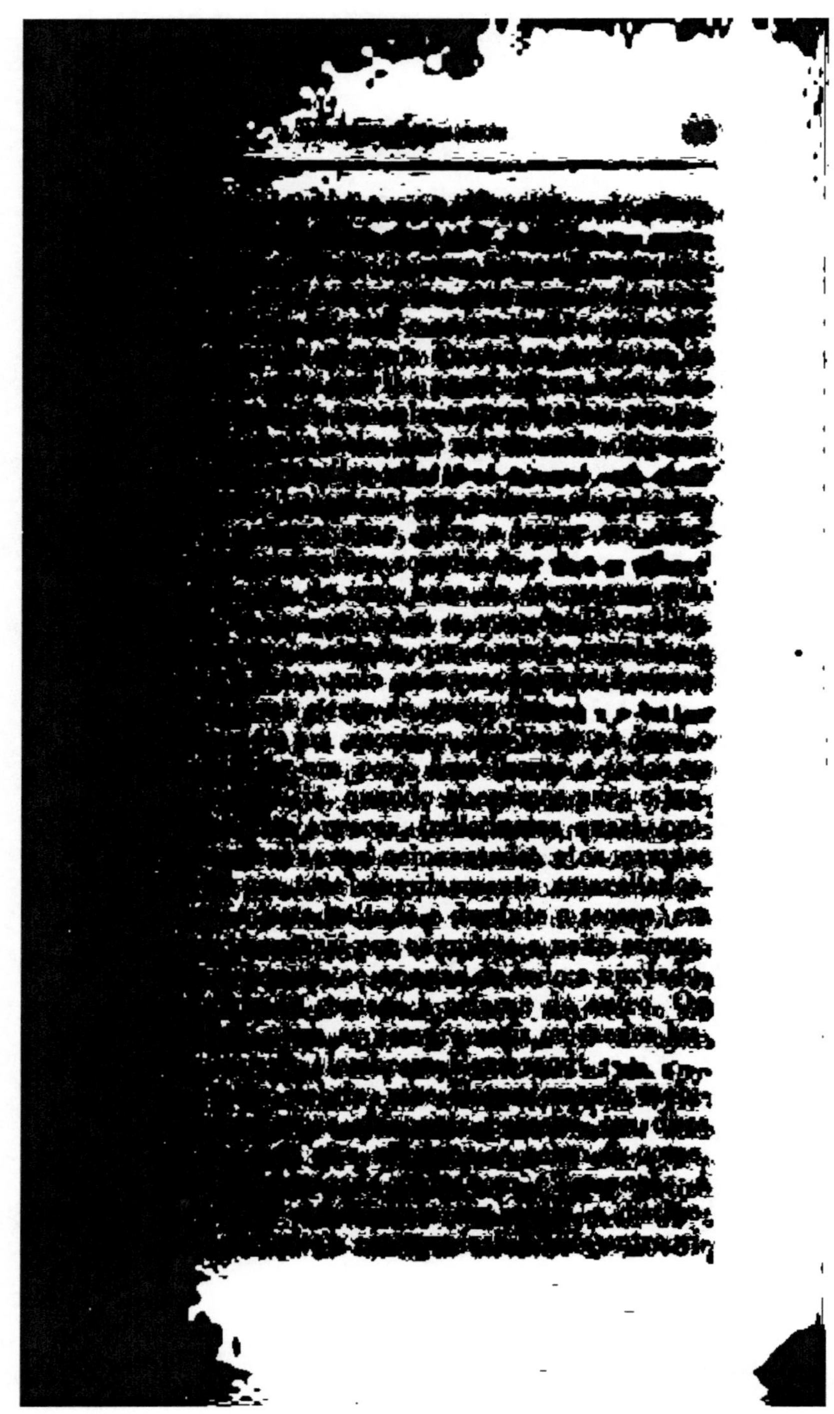

[illegible]
mais e sentiam. Um velho [illegible]
[illegible]
tava-me tomar chás [illegible]
Figueira e sobre Lisboa. [illegible]
se as [illegible]
suburbanos. As [illegible]
nadas, de [illegible]
[illegible] da occasião e os [illegible]
dade da victoria de Gladstone [illegible]
ções que hão de ter logar em [illegible]
deixar de dar, como em toda a [illegible]
lisado reduz tudo a um typo [illegible]

Passando depois ao salão de [illegible]
[illegible], onde tocavam esta noite [illegible]
gente. O que vi não modificava as [illegible]
anteriores. A ingleza, bem construida, [illegible]
unfeeling [illegible] que lhe vem da [illegible]
cavallo, e dos longos passeios a pé [illegible]
salvas [illegible] excepções, e [illegible]
pelle, no nariz e nos dentes, é [illegible]
sua missão no home. Casa-se um [illegible]
e ao cabo de dez annos, e depois de dez [illegible]
uma matrona espessa, muito senhora de [illegible]
— o que não é dizer pouco. Sem duvida [illegible]
regras tem excepções; e as mundanas [illegible]
sem fugir ás consequencias, sabem e [illegible]
tir os perigos, prolongando a belleza e [illegible]
[illegible]. Os medicos tiveram sempre [illegible]
uma acção decisiva para estes casos; e agora [illegible]
cirurgiões gynecologistas suppriram os [illegible]
uma impassibilidade inteiramente satisfactoria [illegible]

A pesar da sensualidade e da distincção [illegible]
[illegible] medianamente [illegible]
é da [illegible] contradicção, que, a [illegible]
provém do caracter artificial da sua civilização [illegible]

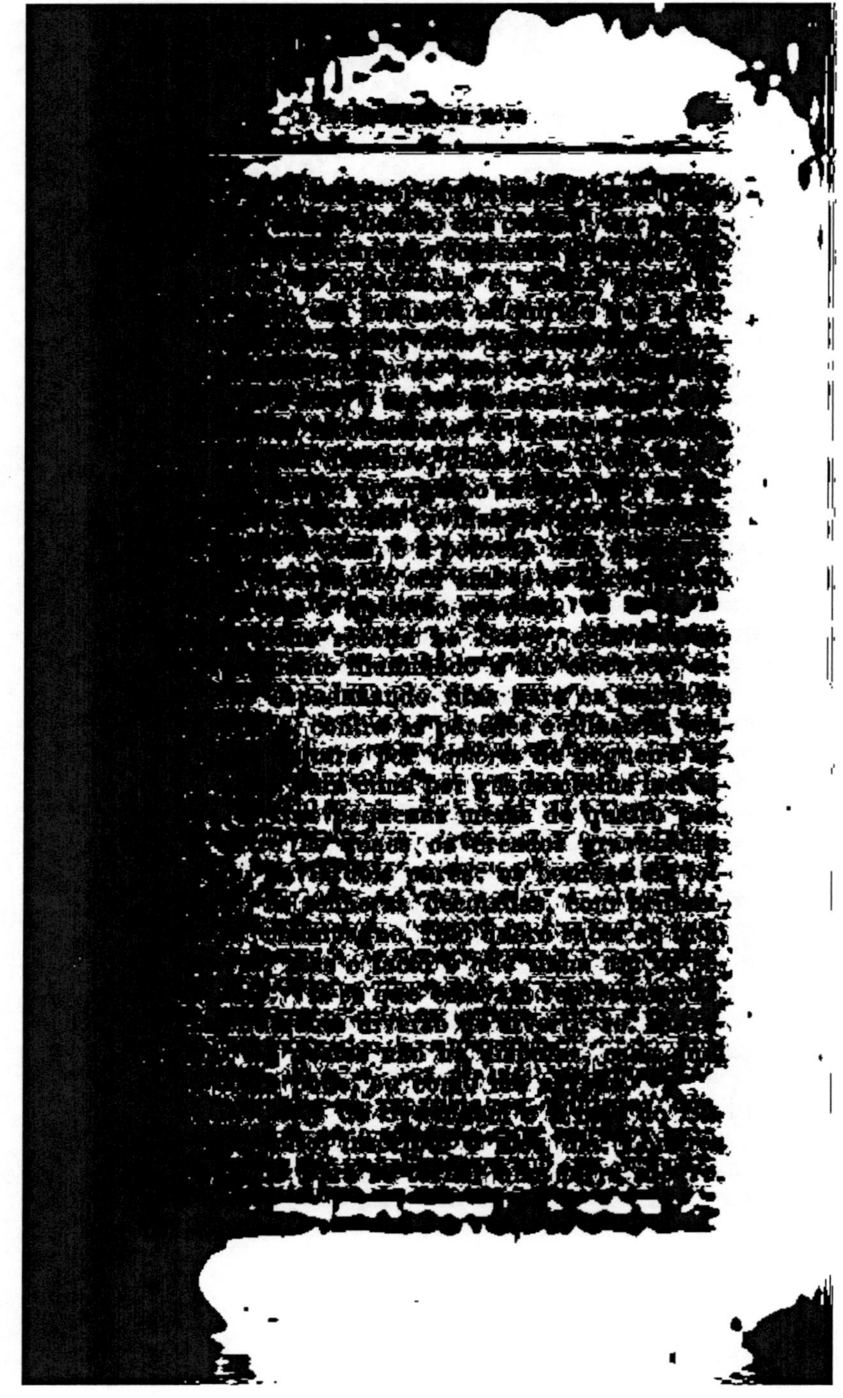

X

O dia amanhecera escuro e chuvoso. O horizonte, da janella do meu quarto, não media duzentos metros. Entrevia já, como se fosse longe, envolvida em uma nevoa parda, a rotula da ponte de Charing Cross, onde os comboios passavam rodando como um trovão surdo... Repassava na memoria as conversas da vespera em Hurlingham-club, e ia formando o meu juizo sobre o caracter singular dos inglezes. Duas meninas, que aliás não pertenciam á classe das bellezas, tinham sido as minhas companheiras á mesa. Convém dizer, de passagem, que na sua preoccupação de classificar tudo e tudo hierarchisar, os inglezes crearam a quasi instituição das *professional beauties*. Quando uma senhora conquista a reputação de belleza official e consagrada, passa a occupar um logar certo na sociedade. Tem uma *profissão*. Fica mal, quasi, não a reconhecer; porque um dos traços contradictorios do caracter d'este povo, tão pessoal e subjectivo, é a profunda submissão a tudo o que se acha estabelecido. São conservadores no sangue. A docilidade formal corresponde á personalidade psychologica. A *professional beauty*, consagrada pela opinião, é tão indiscutivel, como a rainha, ou a religião: duas cousas sobre que o inglez não consente graças.

É que, ao lado da sua fé, e da realeza em que põe o orgulho social, o inglez tem, e com motivo, uma vaidade intima da formosura das suas mulheres. Foi um dos poucos lados por onde percebi que o senso esthetico penetra no espirito da raça. A mulher, que tem aqui um verdadeiro culto, como genio

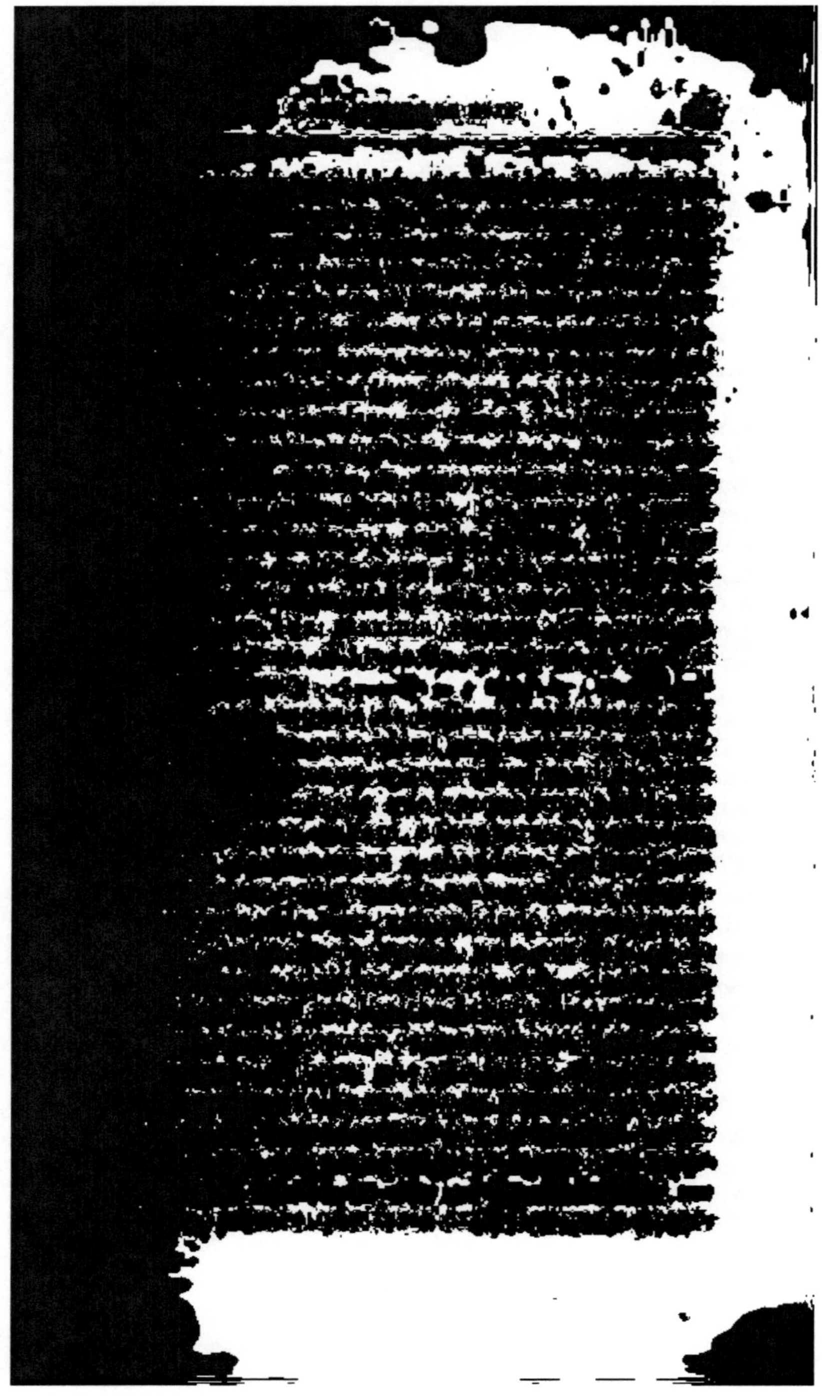

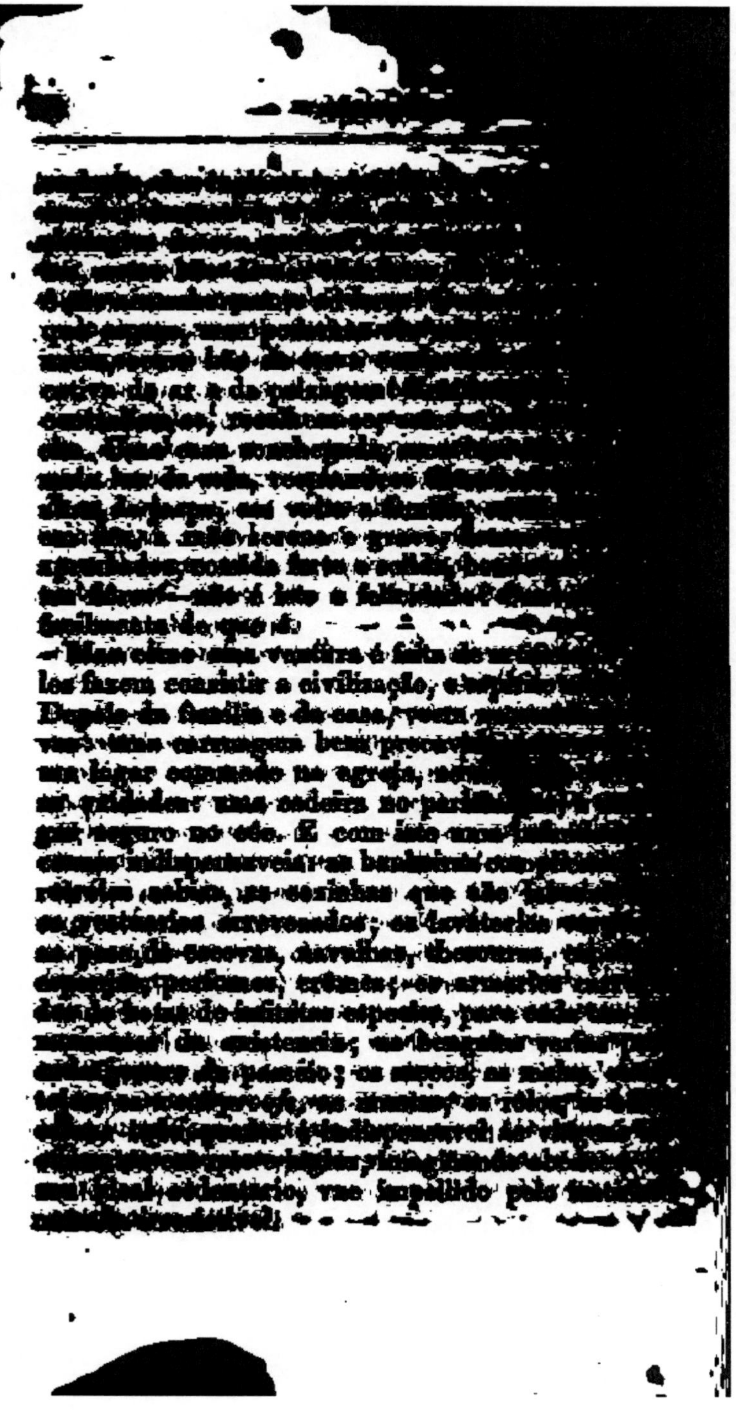

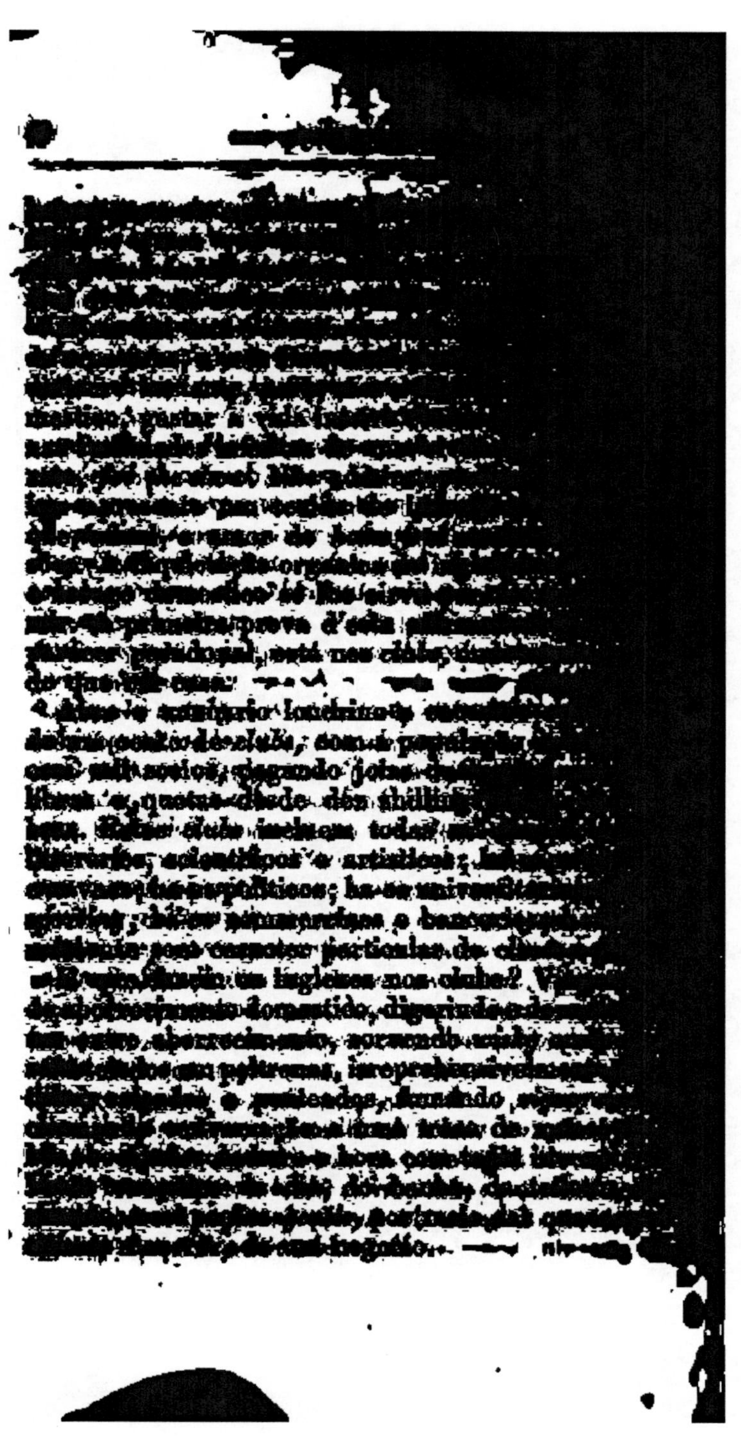

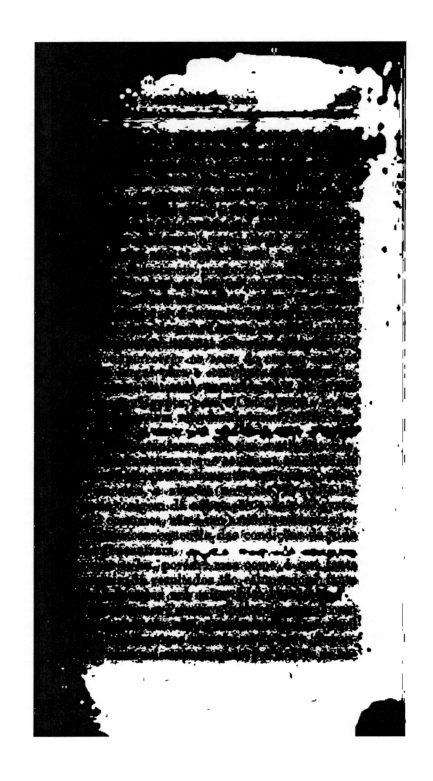

[illegible]

[illegible] a uma doença [illegible] elle, á [illegible]

As palavras [illegible] ou vadios, se fôram [illegible] a palavra *foreigner* em geral, [illegible] [illegible] *barbarous*; estas tres palavras [illegible] vontade que haja, são sempre [illegible] bocca.

Os pequenos inglezes, residindo [illegible] desses de valor. Chamam-lhes [illegible] men. E quanto ao valor de *foreigner* [illegible] J., portuguez que reside ha muitos [illegible] glaterra, uma anedocta expressiva.

Um pequeno, seu filho, nascido [illegible] que portanto se julgava, sem saber, [illegible] outros pequenos com quem estava [illegible] chorando queixar-se ao pae:

— Que te fizeram, rapaz?

— Chamaram-me *foreigner*!

XI

[illegible] felizmente das longas [illegible] [illegible] porque, [illegible] [illegible] que são dois [illegible] [illegible] a grandeza [illegible] [illegible] para o imperio. [illegible] *imperio, populos, romane, memento!* Tambem os romanos produziam no espirito dos gregos impressões semelhantes ás que a estranheza do caracter inglez produz em nós *continentaes;* tambem os gregos tinham de curvar-se perante o genio governativo ou imperial dos romanos, como nós hoje temos de reconhecer as qualidades politicas eminentes d'este povo, que na sua historia repete a romana, quasi ponto por ponto.

A sua heptarchia é como o periodo lendario dos reis de Roma; depois vem a historia da sua constituição, tambem por um lado vinculada sempre á tradição, por outro procedendo gradualmente e assimilando a si os povos visinhos, até constituir a unidade politica da porção de territorio geographicamente marcado á nação. Depois vem a expansão e a conquista, pela instituição das colonias. Vem o duello com Napoleão, que lembra as guerras de Annibal; e a conquista da India, semelhante á da Africa dos carthaginezes. Depois vem o Imperio, e é ver com que orgulho os inglezes de hoje usam das palavras: *empire, imperial.*

Não me proponho, certamente, a fazer agora uma prelecção sobre o parallelismo da historia romana e da ingleza: vem isto apenas para dizer o que senti, quando entrei em S. Paulo e em Westminster. É como em Roma, a mesma sanctificação da politica, a mesma socialisação do culto. As igrejas são pantheons. Por isso mesmo se vê que não é um povo accessivel aos sentimentos metaphysicos, assim como o romano o não era; mas n'este proprio limite está o segredo da sua força. Na Antiguidade, as religiões, por isso que o espirito metaphysico não saira ainda das noções elementares, os cultos faziam parte da constituição; e a Egreja era uma repartição do Estado, a devoção um aspecto do pa-

[illegible] catholicos [illegible] no XVI seculo [illegible] egrejas protestantes, produziu este [illegible] nas no gremio da raça germanica [illegible] dizer em parte alguma do continente [illegible] catholicos, nem entre protestantes, [illegible] regresso ao mundo de ser antigo, [illegible] julgar por isso mesmo que nenhum [illegible] inglez tão pouco susceptivel de visões [illegible] de enthusiasmo propriamente [illegible]

S. Paulo, erguido na collina que [illegible] da City, sobranceira ao Tamisa, já era [illegible] sagrado no tempo dos romanos. O [illegible] columnadas que o sustentam são o [illegible] Londres classica do seculo XVIII, que [illegible] tem provocado o nosso desgosto. A sobreza das linhas, a grandeza da fabrica, negro como tudo está, sob um céo tambem negro e baixo, em vez de levantarem o espirito, offendem-no. Lembra-se a gente de que este arremedo de S. Pedro de Roma foi construido á custa do imposto lançado sobre o carvão de pedra das minas — e de hulha parecem, com effeito, fachadas, tympanos, columnas, [illegible], zimborio, peristillos, e a propria estatua da rainha Anna, que está em frente da entrada, tendo submissas aos pés a Inglaterra, a França, a Irlanda e a America. O imperio dos bretões já no seculo XVIII era formidavel, ainda antes do momento epico de Waterloo, que foi como Zama.

E quando se entra na immensa nave, vê-se a historia conquistadora do povo inglez escripta em

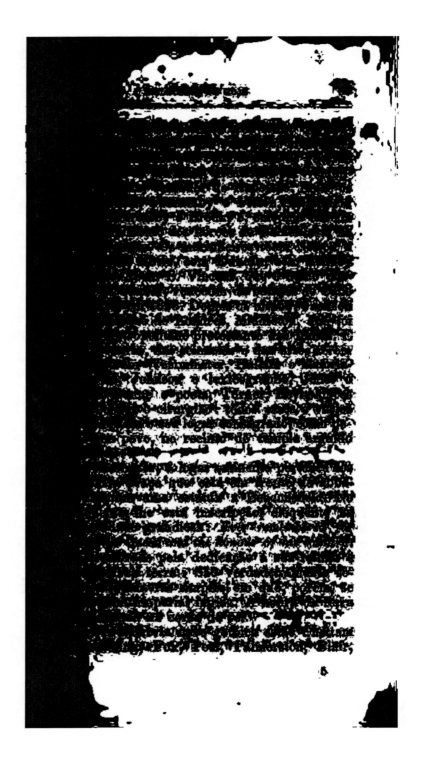

[illegible]

Vestidos de pé, em [illegible] sentados, debruçados [illegible] [illegible] para a [illegible] lhe seus serviços. Ao lado [illegible] prestam culto, aos que [illegible] o povo inglez. Newton, dá o braço [illegible] a Stephenson, o constructor [illegible] ferro. Haendel, o musico, está ao lado [illegible] o actor. Macaulay, Mackintosh, G[illegible] os historiadores, emparelham com Gold[illegible] ckeray, Dickens; e Shakespeare [illegible] dos poetas sublimes que na lingua [illegible] natureza fez na pelle, nos cabellos e [illegible] virgens inglezas; o encanto do lyrismo [illegible] E. Thompson, é Dryden e Southey, A[illegible] é Campbell; é Addison, é Burns, [illegible] todos, e são innumeros.

«O povo que d'esta fórma, entre os [illegible] conservou o culto antigo dos grandes homens [illegible] por imitação classica, mas por um instincto [illegible] tenaz e vivo, revelador do seu genio [illegible] povo não podia esquecer o culto a um [illegible] heroes que só aqui tambem floresce. São [illegible] lanthropos. A santidade dos povos [illegible] propriamente religiosos, do continente, [illegible] com razão, aqui, philantropia. S. Paulo tem [illegible] numento de Howard; Westminster, o de Wilber[illegible] e pregador da abolição da escravatura colonial [illegible] dos templos, portanto, é facil evocar todos [illegible] nos da historia do povo inglez, e todas as [illegible] seu caracter collectivo. Tanto mais que em W[illegible]

[illegible] enchendo as superficies lisas [illegible] com mosaicos e pinturas [illegible] as figuras placidas [illegible] nas janellas, mas com ornamentação [illegible] templos classicos. [illegible]

XII

[illegible]

E as vidraças coloridas disparatam tanto mais quanto a revolução por que está passando o protestantismo o vae approximando do feitio catholico, e chegando a uma imitação romana, como é S. Paulo. Ha lá um altar absolutamente catholico: frontal, ramos, banquetas de castiçaes com vélas accesas! Chama-se a este movimento sectario o *ritualismo*; e, completado o rito, S. Paulo, recamado de mosaicos e dourados, será magnifico.

Será inglez? Isso é diverso. Porque, sem querer entrar na psychologia do protestantismo, o facto é que ao genio mysticamente subjectivo d'estes povos é antipathica a idéa pomposa e pantheista que se faz da religião no Meio-dia, onde a natureza é communicativa. Verdade é que o protestantismo inglez, pela maneira como se formou, explorando a eterna tendencia religiosa do seu povo, a beneficio dos caprichos de um temperamento exuberante; verdade é, que a egreja anglicana ficou sempre com um caracter diverso do protestantismo allemão.

[illegible]

[illegible] psychologico difficil. A observação [illegible] cada [illegible] suggestiva [illegible]

Em regra, ha em toda a freguezia [illegible] um anglicano, outro dissidente. [illegible] em espheras diversas e ocupam [illegible] feições conscientes. Usualmente, o anglicano [illegible] de nascença, muitas vezes [illegible] da localidade, e esteve em [illegible] Oxford; por tudo isto tem [illegible] O outro é, em regra, plebeu [illegible] benevolencia [illegible] geral seja, tambem por via de regra, um [illegible] gentleman em Inglaterra todo aquelle que [illegible] na formal [illegible] estabelecida; este é gentleman [illegible] aquelle que, tendo isto [illegible] o nascimento [illegible] com qualidades de [illegible] muito mais gentleman com dinheiro [illegible] e muito mais ainda com nascimento [illegible] O pobre póde muito bem, todavia, ser gentleman [illegible]

[illegible] um homem [illegible]

[illegible]

Mas, ha na freguezia uma [illegible]

[illegible] quando [illegible]

[illegible], os padres [illegible]

[illegible] e o casamento [illegible]

[illegible] padres com [illegible]

[illegible], é uma [illegible]

[illegible] a egreja [illegible]

[illegible], continentes [illegible]

[illegible] symptoma de revolução [illegible]

[illegible]

[illegible] ou dos padres [illegible]. E tudo isso se passa á porta [illegible] padres gravemente vestidos de [illegible] sobrecasacas sem bandas, de [illegible] estão na egreja [illegible], de gola [illegible] como os catholicos, se estão [illegible] pela confissão [illegible]

[illegible]

[illegible]

na outra Hespanha. [illegible]

[illegible] como a Ellen Terry [illegible]

Mas, quando o *Henrique VIII*, [illegible] periodo [illegible] glaterra vae hoje; vae para outra [illegible] *Merry England* volta ao [illegible] do seculo XVI, com as complicações [illegible] tões sociaes do civilisação. Quando [illegible] quem outra vez escreva [illegible] *Merry wives of Windsor*; porque [illegible] vasado em moldes [illegible] que o [illegible] o [illegible] puritano; [illegible] elegante e espirituoso. [illegible]

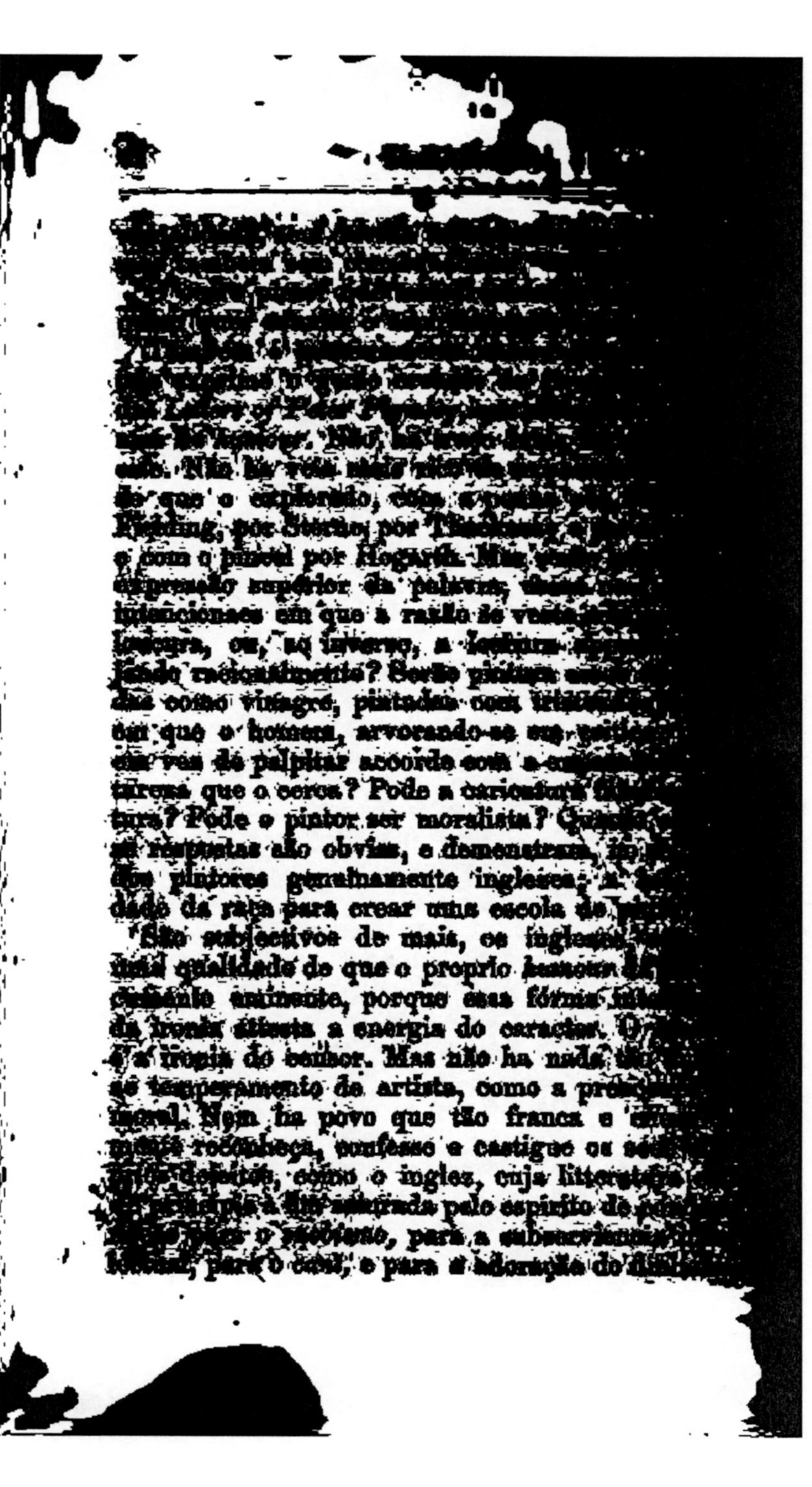

[illegible]

ado. Não ha vêa mais [illegible] do que o explorado, com a penna, [illegible] Fielding, por Sterne, por Thackeray, [illegible] e com o pincel por Hogarth. Mas [illegible] expressão superior da palavra, [illegible] intencionaes em que a razão se ve[illegible] loucura, ou, ao inverso, a loucura [illegible] jando racionalmente? Serão pinturas [illegible] das como vinagre, pintadas com [illegible] em que o homem, arvorando-se em [illegible] em vez de palpitar accorde com a [illegible] tureza que o cerca? Póde a caricatura [illegible] tura? Póde o pintor ser moralista? [illegible] as respostas são obvias, e demonstram, [illegible] dos pintores genuinamente inglezes, a [illegible] dade da raça para crear uma escola de [illegible]

São subjectivos de mais, os inglezes [illegible] mal qualidade do que o proprio humour [illegible] cidente eminente, porque essa fórma [illegible] da ironia attesta a energia do caracter. [illegible] é a ironia do senhor. Mas não ha nada [illegible] ao temperamento de artista, como a preo[illegible] moral. Nem ha povo que tão franca e [illegible] mente reconheça, confesse e castigue os seus [illegible] defeitos, como o inglez, cuja litteratura [illegible] pelo espirito de [illegible] o sarcasmo, para a subserviencia [illegible], para o cant, e para a adoração do [illegible]

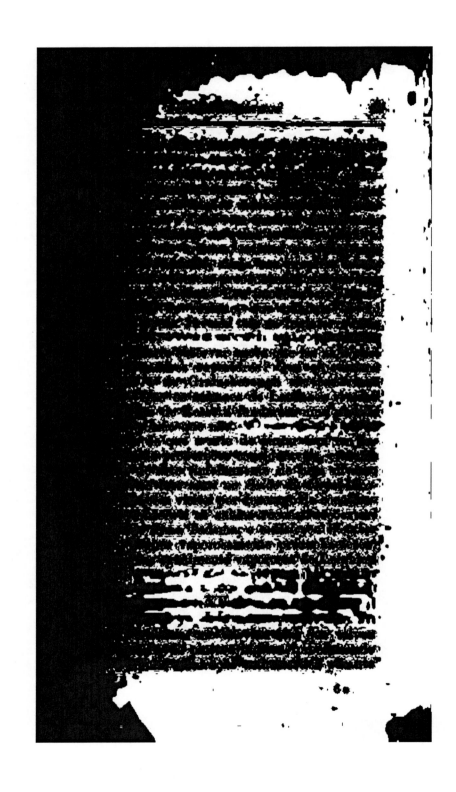

[illegible]

[illegible] bibliothecas do Serapeum alexandrino [illegible]

Percorrendo as salas infinitas [illegible] os monumentos das civilisações [illegible] parecia-me estar vivendo entre os [illegible] Assyrios, em Ninive, na côrte de [illegible] Assurbanipal, ou de Nimrod, folheando [illegible] da bibliotheca imperial, em que as [illegible] tempo, gravadas a buril, apresentam [illegible] [illegible]mente indecifraveis. Via pelos [illegible] e os frescos de uma composição [illegible] que os homens, tão diversos de nós, [illegible] de outro planeta, desentranhados da sombra [illegible] passado ignoto pela mão abençoada de [illegible]

Depois, achava-me do lado opposto [illegible] no Egypto pharaonico. As [illegible] leões alados, os escaravelhos sagrados, [illegible] as mumias ritualmente envolvidas em [illegible] nos seus caixões coalhados de jeroglifos [illegible] transportavam-me a um mundo singular [illegible] deslumbrador, porque, em vez de aspirar [illegible] existindo embalado com a allucinação [illegible] E quando os meus olhos deparavam com [illegible] onde se encontra a *clave* de Roseta, [illegible] [illegible] nos pequenos incidentes de que [illegible] [illegible] do saber humano. Porque, se [illegible] não tivessem trazido do Egypto [illegible] que a inscripção jeroglifica está traduzida ao lado em grego, provavelmente as interpretrações da linguagem symbolica do Nilo dos Pharaós seriam ainda hoje tão sujeitas a duvida, como os tijolos da bibliotheca de Accad desenterrados por Layard. Essa pequena lapide que o visitante deixa de lado sem reparo, attonito com a população de monstros que habita as salas, é todavia a *chave* que abriu as portas sagradas do templo da sabedoria, permittindo-nos lêr hoje os monumentos egypcios como se foram escriptos em linguas nossas.

Então emergia d'estas mansões funebres para a sala triumphante, onde os restos mutilados do friso do Parthenon cantam hellenicamente um hymno vibrante á vida activa e gloriosa. Dava-me vontade de bater palmas. Sentia-me resuscitar. E apesar de reconhecer a barbaridade com que lord Elgin tratou estas pedras divinas, eu não podia deixar de abençoar a memoria do lord vandalo, que me permittia gosar uns momentos de puro enthusiasmo esthetico.

Mas eu não quero, nem sei, nem posso contar o que encerra o museu britannico... Não ia lá estudar: ia ver e impregnar-me de impressões que, porém, se me atulhavam na cabeça e m'a faziam andar já á roda, quando me levaram á sala de leitura.

Vale a pena demorarmo-nos um instante. É uma rotunda enorme, encimada por uma cupula de cathedral, maior que a de S. Paulo. Amplas janellas abertas na volta da abobada illuminam abundantemente a sala, que tem quatrocentos logares commodos para os leitores. No centro, a uma vasta mesa circular, estão os bibliothecarios; em volta, em estantes da altura de um homem, o catalogo: dois mil volumes. Irradiando do centro ficam as mesas

[illegible]

Que ordem, o methodo, [illegible] gueza da livraria, quem tiver [illegible] encontrava as minhas, [illegible] catalogo. Quando isto succede [illegible] desconhecido, e que ha de [illegible]

As acquisições annuas [illegible] livros. E como a bibliotheca não [illegible] seja facillimo obter permissão para [illegible] alguns não estão occupados pelos [illegible] matar o tempo a ler toda a sorte de [illegible] dos. Para isso, fizeram as circulating [illegible] á custa de um soberano por anno aliment[illegible] dor devorador de novellas, traço typico [illegible] vagancia ingleza.

Aqui não: aqui estuda-se. E a riqueza [illegible] cidios, a abundancia dos elementos de [illegible] tem ao inglez os meios de satisfazer a [illegible] *formation* que elle tantas vezes confunde com [illegible] dadeira sciencia.

De resto, entre o processo intellectual [illegible] nental e dos inglezes ha uma diversidade [illegible] Nós comprehendemos as causas deduct[illegible] por via de classificações e abstracção. Elle [illegible] forças de attenção e memoria [illegible] factos, [illegible] O [illegible] de Lecky [illegible]

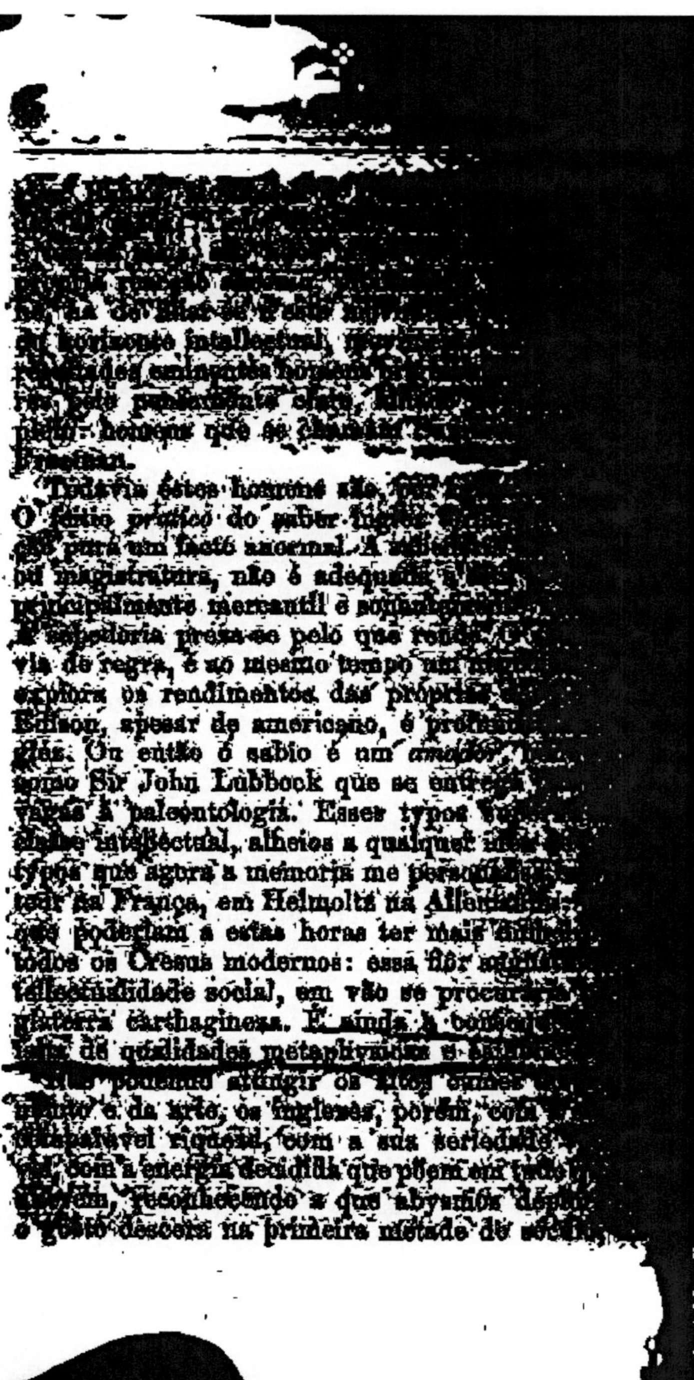

[illegible] horizonte intellectual [illegible] dades eminentes [illegible] homens que se chamam [illegible]

Todavia êstes homens são, [illegible] O genio *pratico* do saber inglez [illegible] para um facto anormal. A [illegible] ou magistratura, não é adequada [illegible] principalmente mercantil é [illegible] A sabedoria preza-se pelo que rende. [illegible] via de regra, é ao mesmo tempo um [illegible] explora os rendimentos das proprias [illegible] Edison, apesar de americano, é [illegible] glez. Ou então o sabio é um *amador* [illegible] como Sir John Lubbock que se entrega [illegible] vagas á paleontologia. Esses typos [illegible] intellectual, alheios a qualquer [illegible] typos que agora a memoria me [illegible] na França, em Helmoltz na Allemanha [illegible] que poderiam a estas horas ter mais [illegible] todos os Cresus modernos: essa flôr [illegible] tellectualidade social, em vão se procurará [illegible] glaterra carthagineza. É ainda a [illegible] das qualidades metaphysicas e [illegible]

[illegible] podemos atingir os altos [illegible] mento e da arte, os inglezes, porém, com [illegible] comparavel riqueza, com a sua seriedade [illegible] com a energia decidida que põem em todo [illegible] [illegible], reconhecendo a que abysmos [illegible] o gosto descera na primeira metade do seculo [illegible]

[illegible]

[illegible] industrial em todo o mundo, em todos os [illegible] produzido notavel, ou caracteristico [illegible] dos artefactos provinciaes [illegible] completa, como a não ha de certo [illegible] nenhum dos museus industriaes de [illegible] ou do Porto. As *South Kensington*, as [illegible] de desenho, os seus museus [illegible] o conhecimento da arte industrial em [illegible] de arte propriamente dita. [illegible] das fórmas e motivos [illegible] exploração estylisada dos typos estrangeiros [illegible] alimentam todas as industrias artisticas [illegible] verdadeiramente admiravel.

XVI.

Ora agora que fica estudada, como sei e [illegible] a especie *Anglus*, desde a esphera [illegible] até á da religião, da arte e do pensamento [illegible] que os conhecemos, vamos [illegible] campo da actividade propriamente [illegible] como os francezes dizem, [illegible] de [illegible] cidadela e [illegible]

Quando [illegible] um [illegible] do capitalismo [illegible]

[illegible]

[illegible]

[illegible] Inglaterra, absorvendo [illegible] exclusivo imenso que [illegible] [illegible], tem aqui o seu [illegible] [illegible], no palacio dos [illegible] os thesouros das minas da [illegible] das terras dos serviços e das [illegible] Carthago amplificada, [illegible] mundo mediterraneo e do mundo [illegible] [illegible] maior como extensão [illegible] [illegible] de vezes mais rico!

Fôra já com uma certa inquietação [illegible] atravessara a rua Throgmorton e [illegible] [illegible] vedado, acotovellando-me com [illegible] [illegible] nas proximidades. Subira os degraus [illegible] por entre o formigueiro de gente, [illegible] [illegible] ao sentir-me pobre, filho [illegible] [illegible], e ainda em cima [illegible] [illegible], uma grande prova de deferencia [illegible] [illegible] exchange só teem entrada os [illegible] [illegible] annual. O presidente, que me [illegible] com intenção:

— Ha dois annos que aqui não [illegible] estrangeiro.

[illegible] confundido, quando gravemente [illegible] [illegible] passar. Tinha a ancia vaga de [illegible] [illegible] do templo: devia estar lá o Bezerro [illegible] [illegible] os judeus tanto mal fizeram em [illegible] [illegible] momento de exaltação mistica. [illegible] [illegible] imensa animada por um [illegible] [illegible], como raios, rasgam-se [illegible]

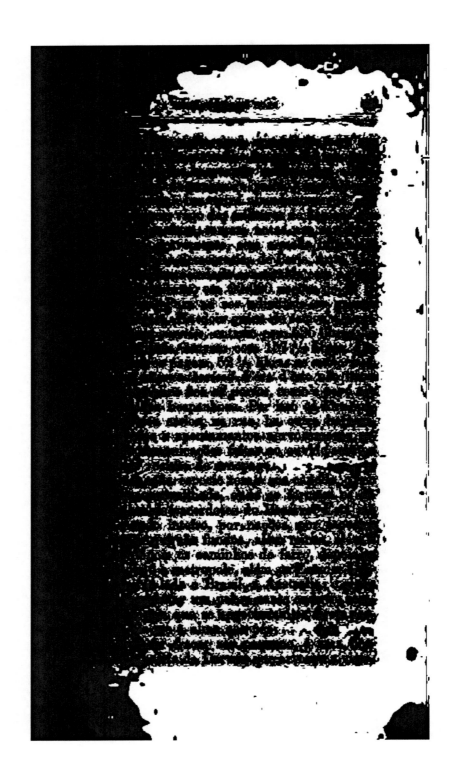

[illegible] Inglaterra [illegible] do principio da sciencia [illegible] o banco, os pequenos [illegible] muitas vezes, segundo [illegible] lhe que os inglezes suppõem muito a [illegible] tamanha veneração.

Comprehende-se que, estando [illegible] sob o peso d'estas impressões, o [illegible] do revolver da machina da riqueza [illegible] produzisse uma impressão estonteadora.

Nem se pense que exagero. Por curiosidade [illegible] a nota publicada, á noite, pelos jornaes [illegible] operações do *Stock exchange* n'essa [illegible] estradas de ferro inglezas, tinha-se operado sobre [illegible] especies de titulos diversos; de coloniaes, sobre [illegible] de fundos estrangeiros, sobre 54; de estradas de ferro norte-americanas, sobre 38; de caminhos [illegible] sobre 7; de companhias industriaes e commerciaes, sobre 53: fóra a *carne de vacca* dos [illegible] britannicos e das acções do banco de Inglaterra. Papel que não tem registro no *Stock exchange* [illegible] lhe o fôro de cidadão na republica do [illegible] o passa-porte para correr mundo.

Ha dez annos, em 1880, o valor total dos titulos *reconhecidos* pelo *Stock exchange* e que, portanto, podem negociar-se no recinto do templo, [illegible] 5.786 milhões de libras sterlinas. Agora, até [illegible] fim de 1891, sobe a 6.347 milhões. São os [illegible] nacionaes que entram por 3.700 milhões e os caminhos de ferro por 2.100, as principaes [illegible] componentes da somma. Os *consols* representam 650 milhões; os emprestimos coloniaes do [illegible] britannico 850; os fundos estrangeiros 2.[illegible] caminhos de ferro inglezes entram com 830 milhões, os coloniaes com 220, os norte-americanos com 680 e os estrangeiros com 380. Os bancos [illegible]

[illegible] havia 180 [illegible] milhões da [illegible]

[illegible] dois terços do [illegible] 18.828 companhias [illegible] milhões sterlings. [illegible] essa commercia[illegible] baluarte da City e circulação [illegible] trilhando [illegible] os continentes da [illegible] as redes dos cabos telegraphicos, [illegible] plantações, além fabricas e [illegible] emprestando [illegible] à parte [illegible] lavras, terras e [illegible] desde os [illegible] até ás combinações [illegible] dos povos [illegible] uma d'essas [illegible] companhias, é [illegible] capitães e [illegible] de especulação [illegible] affinidade com [illegible] porque [illegible]

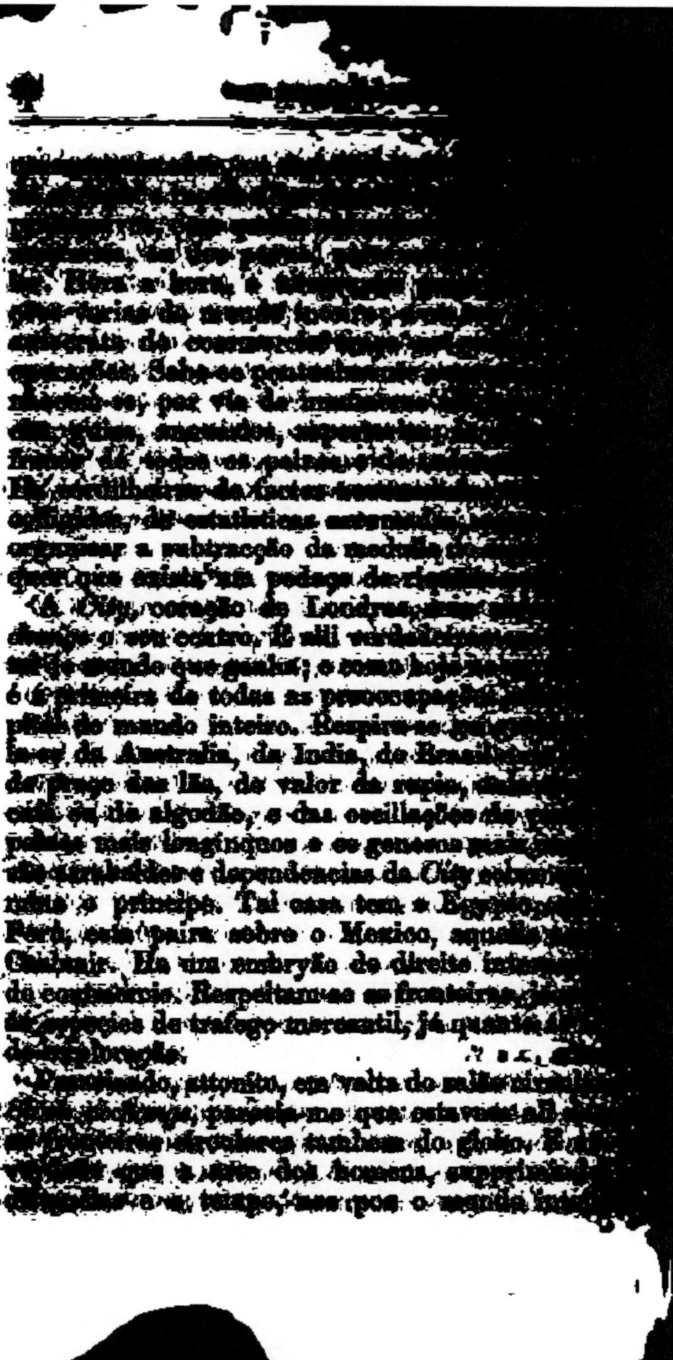

[illegible]

XVII

[illegible] Inglaterra é uma [illegible] do mundo, [illegible] só concentra uma grande parte da [illegible] ingleza. [illegible] todas as outras do Reino Unido [illegible] todo o movimento a que [illegible] riqueza dá logar, se exerce dentro da City. O rendimento collectavel da cedula D para a [illegible] ou imposto do rendimento, [illegible] anno passado (1889-90), em 70 milhões de libras, na City, e em todo o resto da Inglaterra [illegible] milhões. Ha dez annos atrás, para a City [illegible] milhões, para o resto da Inglaterra [illegible] milhões. O rendimento total [illegible], o qual [illegible] da City [illegible] a riqueza [illegible] de um modo progressivo. [illegible] a despovoação dos campos [illegible] de um inglez?

[illegible] dos bancos [illegible] e [illegible] de seguros, de [illegible] [illegible] cedo 150 milhões de libras [illegible] que, [illegible] quando o Reino Unido [illegible] 17 milhões de habitantes [illegible] por 2.700 milhões de libras [illegible]. Em 188[illegible] [illegible] milhões de libras [illegible]

1812. Mas esta riqueza não se distribue [illegible], entre os tres reinos da metropole [illegible] média de 270 libras, a pobre Irlanda [illegible] 23 apenas; a Escocia, rica em minas, [illegible] 243; e finalmente a Inglaterra e Gallez [illegible] por 308 libras.

Tomemos tres indices para medir summariamente o progresso da riqueza ingleza nos ultimos [illegible] nios d'esta segunda metade do seculo.

O primeiro, que é o menos expressivo, [illegible] orçamentos: menos expressivo porque, [illegible] ou antes na falta de systema da administração [illegible] gleza, o orçamento do Estado não tem [illegible] que tem nos paizes do continente. Por [illegible] organisação das reservas, que em todas as [illegible] militares constitue hoje uma das verbas [illegible] do orçamento de guerra, é representada aqui [illegible] batalhões de *voluntarios*, armados, fardados e [illegible] pados á propria custa. Essa verdadeira *landwehr* de duas centenas de milhar de homens, não custa um ceitil, pode dizer-se, ao thesouro. Depois, [illegible] finidade de instituições particulares que exercem funcções publicas n'esta terra em que a noção de estado nunca chegou a formular-se nitidamente. [illegible] pois, as despezas a cargo das instituições locaes em um paiz que, apesar de monarchico, é [illegible] sobretudo federal; e cujas ambições radicaes [illegible] uma constituição semelhante á dos Estados Unidos, sem attenderem a que a Inglaterra tem muitos se[illegible] culos de governo unitario, e que as colonias [illegible] ram das duas ilhas a metropole de um imperio gi[illegible] gantesco disperso por todo o mundo. Ainda [illegible] dos estes descontos, porém, o orçamento inglez que em 1850 apparecia com 55 milhões sterlinos de despeza, apparece em 1890 com 88, tendo o serviço da divida baixado de 28 para 25 milhões. As mais [illegible] Em 1851, as importações [illegible] libras, em 1890 [illegible] Inglaterra. Ainda em 1910, ha vinte annos apenas, a capitação das importações [illegible] libras; hoje excede [illegible] milhões de libras [illegible] dos capitaes consolidados fóra de Inglaterra [illegible] parallelamente, crescia a frota [illegible] que andam de [illegible] por todos os [illegible] do mundo.

[illegible] por anno um milhar de trabalhadores, victimas dos accidentes nas minas. O carvão, o ferro, o cobre, [illegible] que se extrahe do chumbo, são os principaes productos das minas [illegible] Deixa-se de [illegible]

[illegible] 10 [illegible]
desenvolvimento da [illegible]
em 1870 [illegible]
[illegible] em 10 [illegible]
de 13 a 33 [illegible]
que, finalmente, [illegible]
[illegible] em 1880, a [illegible]
[illegible] e a verdadeira [illegible]
[illegible] da hulha negra [illegible]
de 110 a 199 milhões de [illegible]
são duplos.

E quando se esgotarem [illegible] inesgotaveis [illegible] olhar ao futuro [illegible] uma pergunta; mas a resposta [illegible] que isso, em primeiro logar, [illegible] gando, quando vier, já os homens [illegible] o meio de utilisar convenientemente [illegible] forças do mar e do vento, armazenando [illegible] distribuindo-as por via da electricidade [illegible] livres da insupportavel [illegible] que o carvão envolve hoje todos os [illegible] do trabalho. Londres terá um ceu [illegible] [illegible]; mas, como os homens [illegible] as edades venturosas, ainda [illegible] o tempo feliz em que tudo [illegible] e as cidades pareciam [illegible] cyclopeas [illegible]

---

(1) O valor da producção mineira é o seguinte:

1868 — 80 milhões de libras
1869 — 78 [illegible]
1880 — 191 [illegible]

Na producção de 1880 o carvão entra por [illegible] ferro por 21 e os outros metaes por 7 milhões [illegible]

30 milhões! E se pensarmos [illegible] tes que todos os annos partem [illegible] quinta economica da, [illegible] mente.

O segredo d'estes dados são as qualidades [illegible] energicas, instinctivamente [illegible] d'esta Inglaterra [illegible] para o trabalho. Renovando [illegible] o machinismo da producção e das [illegible], pelo monopolio da materia prima [illegible] com o monopolio dos mares, onde [illegible] tem a navegação de vela; e com [illegible] inundando o mundo com os seus artefactos [illegible]

A reacção do proteccionismo contemporaneo [illegible] dou o esforço violento que o mundo fez para [illegible] bertar da contribuição e do protectorado [illegible] da Inglaterra, a quem o carvão deu uma especie nova de suzerania universal. Foi o que, [illegible] uma intuição genial deixou antevêr a [illegible] cego pelos nevoeiros da sua ambição de [illegible] dor. O grande duello que termina em Waterloo, que custou á Inglaterra 831 milhões de libras [illegible], deu-lhe uma victoria que, nos seus [illegible] geraes, se traduz por lucros [illegible]. Dissipado o medo do bloqueio continen- tal, a Inglaterra pôde assegurar o seu [illegible] cantil e colonial com o dominio [illegible] do mundo inteiro. As suas esquadras, [illegible] imperiosamente o pavilhão britannico [illegible] todas as latitudes do globo, garantem-lhe [illegible] cto da riqueza de todos os continentes.

Mas as scenas [illegible]

Apreciemos agora o systema continental [illegible] comparece o proteccionismo [illegible] que se defendem. Por outro lado, [illegible] é ainda [illegible]

[illegible]

XVIII

[illegible] dinheiro. A [illegible] de Inglaterra [illegible] da sua [illegible]

[illegible]

[illegible]

[illegible] suportando duas cargas pesadas [illegible]

[illegible]

[illegible]

val ingleza não soffrem [illegible]

[illegible] levam. Foi para Inglaterra [illegible] caso ao Brazil, dois transatlanticos [illegible] dem servir de typos de construcção [illegible] leve e elegante, como uma [illegible] e espesso, como um pachiderme [illegible] o inglez, sob pena de não [illegible] simular essa palpitação abscondita [illegible] O navio é o monumento, o palacio [illegible] povo, embarcado mesmo em [illegible] tes de uma ilha, cercadas no [illegible] correndo o gulf stream que [illegible] mundo.

O navio é a obra de arte ingleza [illegible] americanos, apesar do sangue, [illegible] da architectura naval. Se os [illegible] americanos, os americanos são [illegible] cados, sem proporção, nem harmonia [illegible] Os navios reproduzem assim [illegible] servaram na architectura do corpo humano [illegible] banda beira do Atlantico. [illegible]

[illegible] multiplicidade de uns, [illegible] typica, prolificamente, as frotas inglezas [illegible]

* £ 266.105 em 1890.

[illegible] do navio. O [illegible]

[illegible] elles, [illegible]. Desta [illegible]

[illegible] da margem [illegible]

[illegible] julgada [illegible]

[illegible] dros, [illegible]

[illegible] cho naval, [illegible] chique, e barcos propriamente para [illegible]

[illegible] pelo [illegible] de [illegible]

[illegible] espaço a espaço, [illegible] : [illegible] [illegible] vistos de longe [illegible] de uma floresta [illegible] quando [illegible] arvores do seu vestuario de folhagem. [illegible] movimento é [illegible], o quadro [illegible] desapparece. [illegible] a agua ; as [illegible] as [illegible] do mercadores [illegible] [illegible] egualmente a terra [illegible] torna-se uma hypothese, quasi [illegible] [illegible] industria humana [illegible] tudo : [illegible] o proprio ar é artificial [illegible] mistura [illegible] do fumo com as exhalações [illegible] das [illegible] [illegible]. Céo, não ha. [illegible] o fumo deixa vêr, é uma teia colossal [illegible] monstruosa, desenhada no ar espesso [illegible] e cordagens dos navios infinitos, que [illegible] dos confins mais divergentes do mundo [illegible] de Nova-York, de Buenos-Aires ou de S. [illegible] de Melbourne, de Hong-Kong, ou de Cantão [illegible] lam-se todas as linguas, vêem-se todas as [illegible] pelle, e todas as physionomias [illegible]

Era já quasi noite, quando á volta, o [illegible] atracava ao pier que fica junto á agulha de [illegible] tra. Para o outro lado, as cupulas [illegible] minster [illegible] no céo. Desembarquei [illegible] [illegible] me em Alexandria, ahi, onde o genio [illegible] quistador da Italia deixou estabelecido o [illegible] do commercio do mundo, para [illegible] deixou de seu caudilho Ptolomeu [illegible]

[illegible]

[illegible] filho no acto de chegar [illegible]

[illegible] Guilho [illegible]

[illegible] de que elle [illegible] dos tempos antigos [illegible]

religião, o civismo, etc. Depois de tudo bem [illegible]

[illegible]

[illegible]

[illegible] preparar-se para a campanha, [illegible]

[illegible]

No seu conjuncto, pois, este povo [illegible] cito pela disciplina e pela [illegible] da propria formula que [illegible] combate: *Is life worth living?* [illegible] Esta pergunta, [illegible] titulo a um livro mediocre do [illegible] respondido affirmativamente. [illegible] Nem a resposta pode ser [illegible] [illegible]

[illegible]

[illegible] o individualismo [illegible] gião da de si a disciplina e a ordem [illegible] sob uma confusão apparente para nós outros, [illegible] geometras: a [illegible] que tambem para nós são, em geral [illegible] os principaes motivos [illegible], permitte que, dominadas por uma idéa simples e una, a [illegible] inglezes as forças de que já [illegible]

[illegible] todos os [illegible] ilhas, espalhando-se pelo mundo para [illegible] São [illegible] natural [illegible] levantar [illegible] politicas [illegible] sos da [illegible] á Inglaterra [illegible] que reina [illegible] tar duzentos [illegible] que, ha um seculo, em 1790, na hora da separação, tinham apenas quatro milhões de habitantes, contam hoje (1890) sessenta e dois milhões e meio. As levas de gente allemã fundem-se no *stock* saxonio; e a lingua, expressão suprema da nacionalidade, fica ingleza. Sobre 750 milhões de libras, que a tanto subiu o commercio externo da Inglaterra em 1890, quasi a quarta parte, ou 143 milhões exactamente, são importações e exportações dos Estados-Unidos.

Por isto, se os jazigos de ferro e carvão que a Inglaterra descobriu no seu seio, quando a civilisação entrava na idade do vapor, são a base da sua riqueza, o instrumento d'essa riqueza e da sua força é a emigração de gente e o caracter peculiar d'esses homens.

De 1861 a 1889 emigraram do reino-unido:

Inglezes	3.670:000
Escossezes	761:000
Irlandezes	3.318:000
Somma	7.749:000

que se distribuiram d'esta fórma:

Estados-Unidos	5.092:000
Canadá	815:000
Australasia	1.421:000
Diversos	421:000
Somma	7.749:000

Em vinte e nove annos, dá 267:000 por anno. E os quinze mil que todos os annos se espalham por diversos sitios, são os que vão para a India, para o Cabo, para o Brazil, para a Argentina e para o Pacifico, para a China e para o extremo

[illegible]

[illegible] por diversas [illegible] [illegible] dispersos sobre de 15 000 [illegible] a emigração, para esta [illegible] [illegible] balizando, a da Australia, donde que [illegible] ali entrou. [illegible]

[illegible] viagens do [illegible] segundo [illegible] [illegible]

[illegible]

[illegible]

XX

[illegible]

[illegible] *la mode* [illegible]

[illegible] Buffalo-Bill, [illegible]

[illegible] porque [illegible]

[illegible] Estado [illegible]

que não tenho a honra de [illegible]

Quando [illegible] circo [illegible]

[illegible] com os meus companheiros [illegible]

[illegible] pelo Buffalo-Bill para [illegible]

[illegible] linguagem humana, [illegible]

[illegible] inglezes [illegible]

[illegible]

[illegible]

[illegible] bufalos; e [illegible]

[illegible] dos jogos [illegible]

[illegible] exhibição dos [illegible] de Mexico, da columna do [illegible] entre si [illegible]

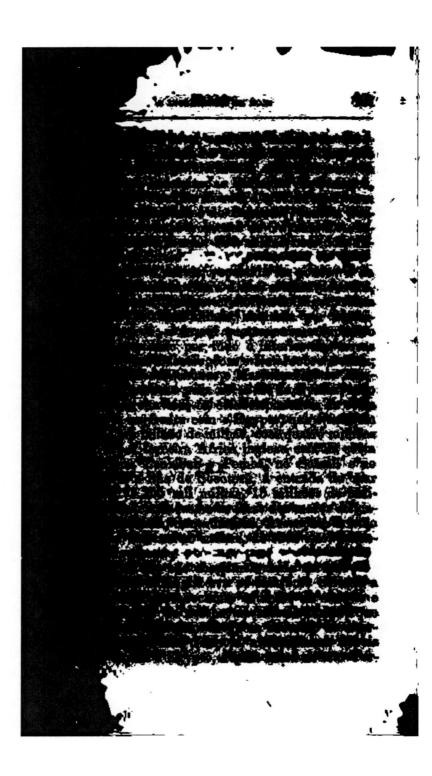

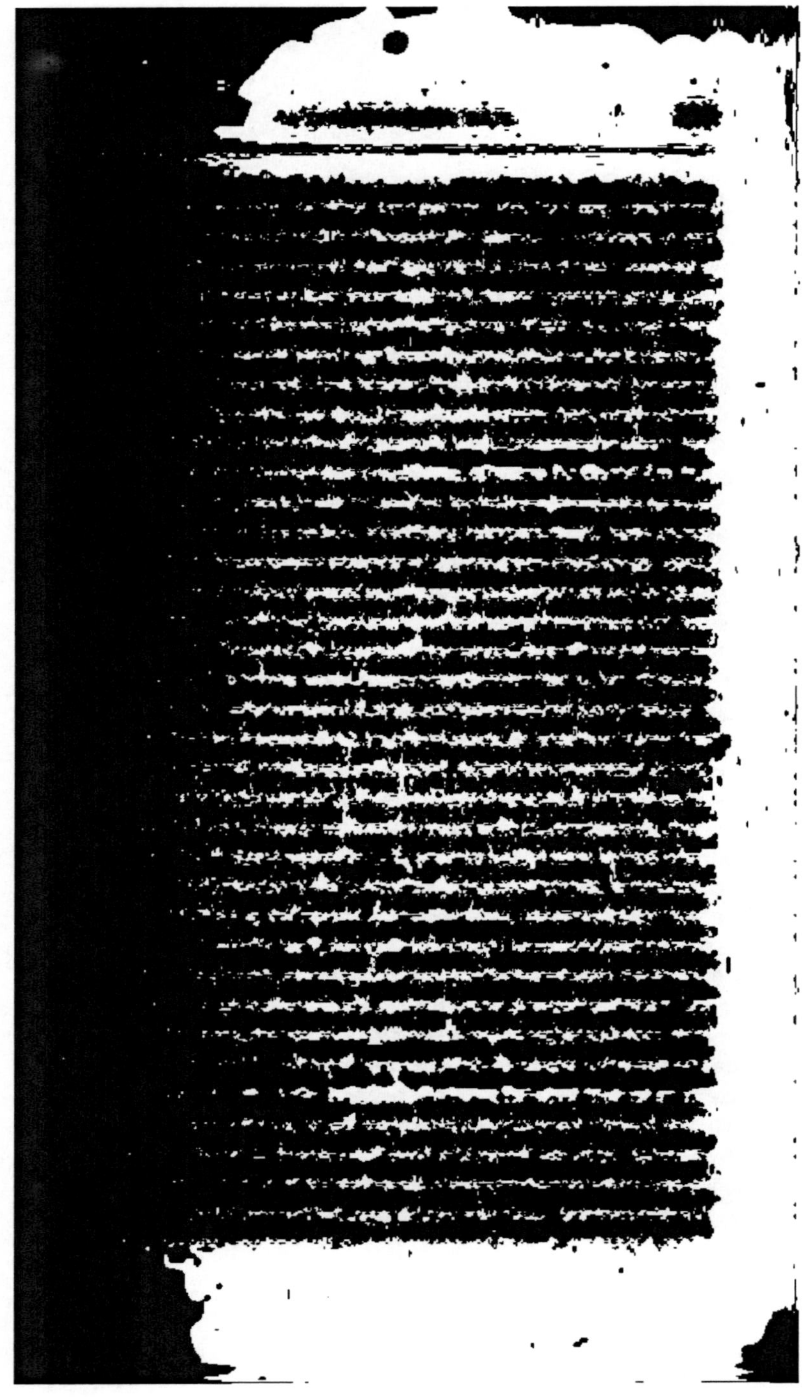

[illegible]

[illegible] duas espécies de [illegible] capitão da Inglaterra.

XXII

[illegible] linha, [illegible]

[illegible] de um papel, [illegible]

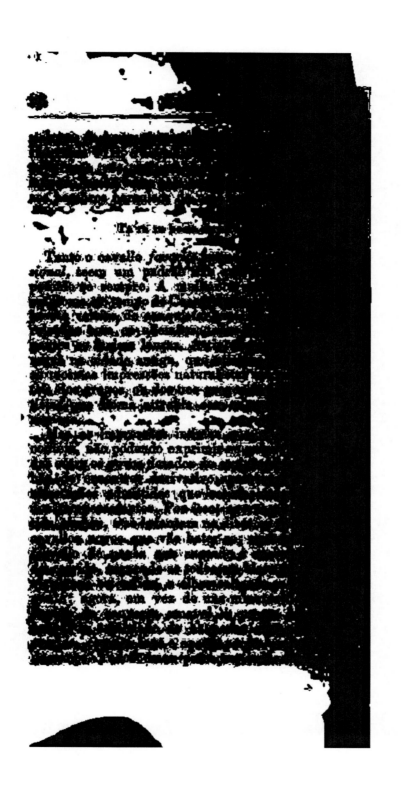

...es, toda essa ancia, não voavam atraz do cavallo: ...am atraz da aposta. Era a ancia do dinheiro que ...s levava. E venham estes angulosos moralistas prégar contra nós, meridionaes, porque temos loterias!

O cavallo e a mulher são, com effeito, divindades; mas o templo, a cella, onde se lhes presta culto, é além, na *enclosure* dos *book-makers*, d'onde sahe uma gritaria medonha:

— *One to twenty! Three to one!*

Cada cavallo tem a sua cotação. Cada corrida provoca o seu alarido. Dentro do cerrado, contra as vedações de arame, dos quatro lados voltados para a multidão de *gentlemen* que se apinha em roda, os *book-makers* parecem feras a quem roubaram os filhos. Mette medo olhal-os. A face injecta-se-lhes, a voz enrouquece de gritar, os braços agitam-se epilepticos. E, sentados em bancos, os caixeiros vão fleugmaticamente registrando as apostas dos *gentlemen* que, em monosyllabos orgulhosos e gestos imperativos, commandam o leilão.

Tudo aposta, tudo joga: o homem gravissimo de suissas brancas, e a loura *miss* de olhos côr de pervinca. Um cavalheiro, meu conhecido, cuja fortuna andará por 50.000 libras, apostou de uma vez 10.000, o quinto dos seus haveres. São uma gente temeraria, capaz de tudo; e é exactamente por isso que tanto teem feito.

Uma vez, não me lembra onde, vi uma gravura que me impressionou. Era uma rapariga loura, lendo um livro ao pae, velho marinheiro sentado em uma poltrona com um copo de *whisky and soda* ao lado. No fundo, uma janella por onde se via o mar; na parede, o retrato de Nelson. Em baixo o titulo: *The nord-west passage*, com esta epigraphe:

It might be done, England should do it.

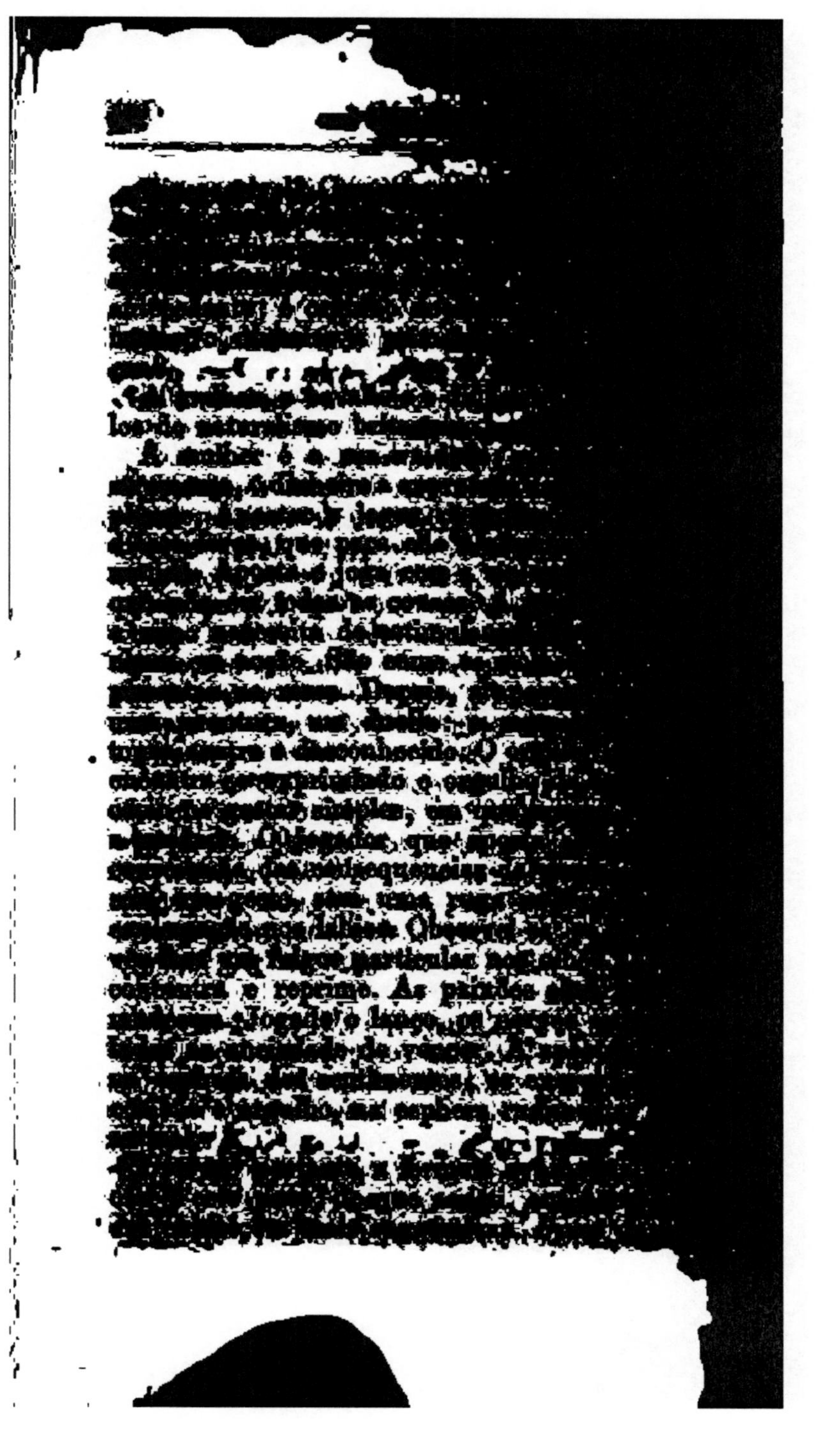

[illegible]

[illegible] A' [illegible] os mesmos [illegible] que o campo [illegible] do [illegible] o mesmo ninho; [illegible] uma [illegible] levava-se a' curva [illegible] da cada [illegible] e flores; [illegible] aconchego dos ninhos; [illegible] ao estrépito [illegible] e brando: tudo isso [illegible] que não [illegible] romantica; [illegible] como a [illegible] de si, conjunctamente [illegible] Conta-se que Rossini ouvindo pela [illegible], que era uma [illegible] de Rossini. Tambem [illegible] ao peito, [illegible],

[illegible]

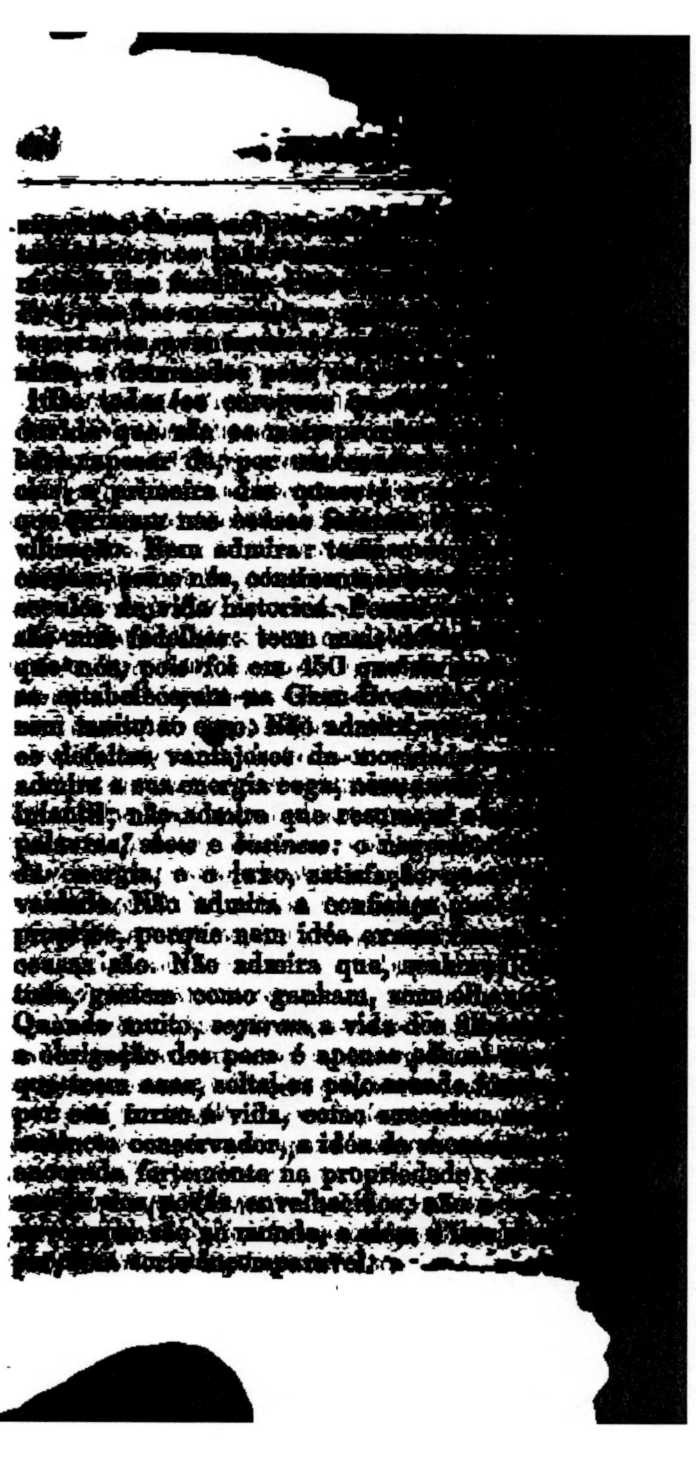

[illegible]

[illegible] individual e [illegible]

[illegible]

[illegible] fez a jornada. Chegaram [illegible] Santíssimo, conversaram [illegible] região [illegible]

[illegible]

[illegible]

[illegible] sport subtilmente [illegible] obrigatorio das nações [illegible] que possuimos, se não fosse [illegible] já tinhamos cahido no [illegible] temperamento [illegible] tudo n'uma [illegible] o corpo, para o fortalecer [illegible] *splendid fellows!* [illegible]

Girava-lhes com effeito [illegible] scandinavos, dos [illegible] que desciam das [illegible] do norte á caça, pelas costas [illegible] as aguas do rio vergavam [illegible] gia athletica, e que se abriam [illegible] na sua limpidez crystallina [illegible] essa tromba de gente [illegible] parencia, nem fluidez na idéa.

O *sport* salva-os com effeito [illegible] Remam, patinam, jogam o cricket [illegible] caçam a [illegible] India, o bufalo na America, [illegible] [illegible] quando o programma [illegible] *splendid fellows!* [illegible]

[illegible] que tem em vista não é [illegible]

[illegible] para dá [illegible]

[illegible] factos e informações [illegible]

XXIV

Tudo em Inglaterra, absolutamente tudo, se torna *sport*. Desde que formularam a existencia como um combate e inventaram a lei do *struggle for life*, exprimindo, com essas doutrinas de um naturalismo cru, o instincto mais profundamente constitucional do seu genio, não admira que a idéa da lucta inspire de principio a fim os actos dos inglezes. A falta de senso metaphysico não lhes deixa perceber as cousas á moda continental classica: não sentem o principio de harmonia immanente no mundo, percebendo apenas as fórmas antitheticas da phenomenalidade.

Tudo é *sport*, isto é, exercicio destinado a dar pasto á força de temperamentos exuberantes, em vez de acção coordenada para a realisação de um fim superior ao individuo. Tomemos um exemplo. O francez trabalha, junta e enriquece, para que? para crear uma casa e uma familia, a quem deixe o fructo do seu trabalho. O inglez, pelo contrario, nunca obedece á idéa mais abstracta da familia; trabalha e ganha por necessidade de um temperamento irrequieto, de um genio insusceptivel de contemplação. Trabalha e ganha pelo mesmo motivo que depois o faz gastar perdulariamente, sem cuidado na herança dos filhos. Tratem de si. Instruidos e equipados para a lucta da vida, deita-os pelo mundo fóra, a batalhal-a.

Outro exemplo é a politica. Dos varios *sports* inglezes, é este o mais attrahente. A maneira que teem de encarar a acção politica explica as differenças de

[illegible] quando se [illegible] a [illegible]
[illegible] do outro lado da [illegible]
[illegible] publica é [illegible]
[illegible] no ponto de [illegible]
[illegible] logo da mesma [illegible]
[illegible]. Digladiam-se [illegible]
[illegible] energias individuaes. A [illegible]
[illegible] offendido, nem [illegible]
[illegible] de povos continentaes, [illegible]
[illegible] dominar. Podem-se [illegible]
[illegible] de respeitar [illegible]
[illegible] ha offensa. [illegible]
[illegible] injurias. [illegible]
[illegible] não se concebe, quando [illegible]
[illegible]. Assim, o duello [illegible]
[illegible] as maximas affrontas, [illegible]
[illegible] em vão encarcerar-se [illegible]
[illegible] publicos.

[illegible] pratica dos costumes [illegible]
[illegible] se adoptou por copia [illegible]
[illegible] exacerbação de odios [illegible]
[illegible] foi peior ainda, [illegible]
[illegible] não podemos comprehender que [illegible]
[illegible] publicamente, por [illegible]
[illegible] do a estiparse á [illegible]
[illegible] como aqui succede. E [illegible]
[illegible] debates é o duello, [illegible]
[illegible] em que, ao [illegible]
[illegible] desprestigio da classe [illegible]
[illegible] contrario, ninguem [illegible]
[illegible] que diz, nem pelos que [illegible]
[illegible] com a [illegible]
[illegible] quem tem mais [illegible]
[illegible] o [illegible]
[illegible] d'este genero

[illegible]

[illegible] Gladstone, que [illegible] marquez de Salisbury. [illegible] Inglaterra [illegible] [illegible] como o *[illegible]* a que se chama o [illegible] ponderia, nos tempos modernos [illegible] creança que deu cabo da [illegible]

Ao cabo, porém, a violencia [illegible] os inglezes fizeram d'elle um [illegible] referindo-se ao great *old man*, [illegible] [illegible], na estreiteza e na [illegible] prehensiva do seu talento, na [illegible] milagrosa, no seu nervo, na [illegible] mal aos oitenta annos, correndo [illegible] Inglaterra, assistindo a meetings, [illegible] comido a nozes e batatas, com que [illegible] [illegible] a cabeça, nos intervallos [illegible] [illegible], e empregando os ocios [illegible] especie de titan politico, ou [illegible] com a sua face aguda, os seus [illegible] [illegible] e uma physionomia quasi [illegible] Inglaterra vetera, o puritanismo [illegible] [illegible] perante a corrente [illegible] discursos que nos labios de Gladstone [illegible] quando se agitam nas convulsões d'[illegible] [illegible], a quem Disraeli, o seu [illegible] [illegible] desapiedada... Este [illegible]

[illegible]

[illegible] e que tanto pode [illegible]

[illegible] pode a [illegible] litigante [illegible]

[illegible]

[illegible] O [illegible] que [illegible]

[illegible]

[illegible]

[illegible]

[illegible]

[illegible], hos [illegible]

[illegible]

[illegible] antiga, [illegible]

[illegible]

[illegible], em hos [illegible]

[illegible], só, infunde [illegible]

que tem proporções nitidas [illegible]

é questão secundaria. O Parthenon [illegible]

[illegible] em magnificencia, [illegible]

[illegible] Westminster, o [illegible]

pelo architectural formulas [illegible]

[illegible], avançando sobre as duas [illegible]

debruçada na margem, tem uma [illegible]

deza de edificio gigantesco, quasi [illegible]

ou babylonico, apesar dos pormenores [illegible]

á distancia, fundida n'um todo [illegible]

nha de pedra que sobre quatro [illegible]

coroada pelas agulhas das torres [illegible]

e [illegible] no ar o reflexo dos [illegible]

a impressão resultante é fortemente [illegible]

não levanta o espirito em enthusiasmo [illegible]

cede perante as sublimes concepções [illegible]

[illegible] humilde diante da [illegible]

[illegible] da força.

[illegible], a repetição insistente, [illegible]

das mesmas linhas e motivos de construcção [illegible]

[illegible] gigantes, agulhas que vão no alto [illegible]

[illegible] as janellas enormes [illegible]

[illegible] para distribuir no interior [illegible]

[illegible]

[illegible]

lumnellos e maineis, baldaquins, rosas, nervuras vegetalmente desenhadas: todos os motivos que fazem das fachadas dos edificios d'esta especie alguma cousa semelhante a uma folha immensa que, seccando, se arrendou, reproduzem-se fatigantemente, tal é a extensão do monumento.

O estylo ogival não comporta a repetição. Uma columnada, uma arcaria, podem reproduzir-se e prolongar-se indefinidamente. Não succede o mesmo com as fachadas chamadas *gothicas*. Por isso, attendendo ás proporções gigantescas de Westminster, a idéa de seguir para o palacio o typo vizinho da abbadia antiga, deu de si uma construcção monstruosamente monotona. Quando, como eu fiz, se faz o circuito do enorme edificio, cuja mole assusta e cujas perspectivas distantes deslumbram, acaba-se fatigado de tão escassa invenção, e afflicto por tamanha monotonia.

XXV

Antes de visitar o parlamento, mostraram-me o grande *hall* que serve para os processos politicos. Essa immensa sala é, no seu genero, magnifica; e digo no seu genero, porque eu prefiro as salas marmoreas, sem *conforto* domestico, logo á primeira vista feitas para as solemnidades, em plena communicação com a luz e com o ar. O *hall* de Westminster, pelo contrario, tem os caracteres communs das habitações de quem é forçado a viver em divorcio com a natureza ambiente. Disseram-me que o tecto magnifico de castanho esculpido, tecto obscuro que absorve a luz, data do seculo XI.

Em toda a volta da sala, as guarnições de madeira entalhada revestem as paredes até certa altura, e d'ahi para cima cobrem-nas guadamecins fulvos, banhados em ouro, ou tapeçarias vermelhas, cahindo em dobras pesadas e graves. Do tecto descem lustres. Pelas janellas de vidraças coloridas côa-se uma luz desnatural, violentada pelos tons dourados ou vermelhos, verdes ou violetas. Esses tons duros, e os contrastes violentos do claro-escuro, são indispensaveis, quando faltam os nossos aureos banhos de luz quente do sol, para dar a grandeza que não ha no céo; pedindo ás invenções do luxo e da arte aquillo que, nos ares gloriosos do Meio-dia, a natureza distribue a mãos largas, gratuitamente. Leva em si rios de diamantes, de rubis, de saphiras e de esmeraldas, a ondulação da nossa luz.

As salas das duas camaras são eguaes. Eu vi a dos *Commons,* onde havia sessão esse dia. A impressão foi a mesma do grande *hall:* está-se *em casa,* casa rica, sem faltar nenhum conforto, e onde o luxo tem um ar grave; mas está-se em casa, não se está n'um *templo.* O senado romano, tendo ao fundo o altar da Victoria, perante o qual ardia o incenso e os senadores juravam estendendo a dextra, devia ser inteiramente diverso d'este recinto cubico, quasi escuro, em que raros cavalheiros, de chapéo na cabeça, ouvem fallar um collega.

Os deputados são 670, mas repetidas vezes as sessões se suspendem por falta do numero legal, que é 40. As bancadas estão quasi completamente vasias. Essas bancadas, dispostas em amphitheatro, enchem tres faces da sala, que é um rectangulo alongado. Os deputados não teem carteiras: só cadeiras; tomam notas sobre o joelho. A meia altura das paredes, por cima do amphitheatro, avança a galeria aberta dos ouvintes. As sessões não são publicas. Ha os mesmos tectos entalhados de madeira

[illegible]

[illegible] pela tradição [illegible] cabalheiro [illegible] Lôndres [illegible] camará [illegible]

[illegible]

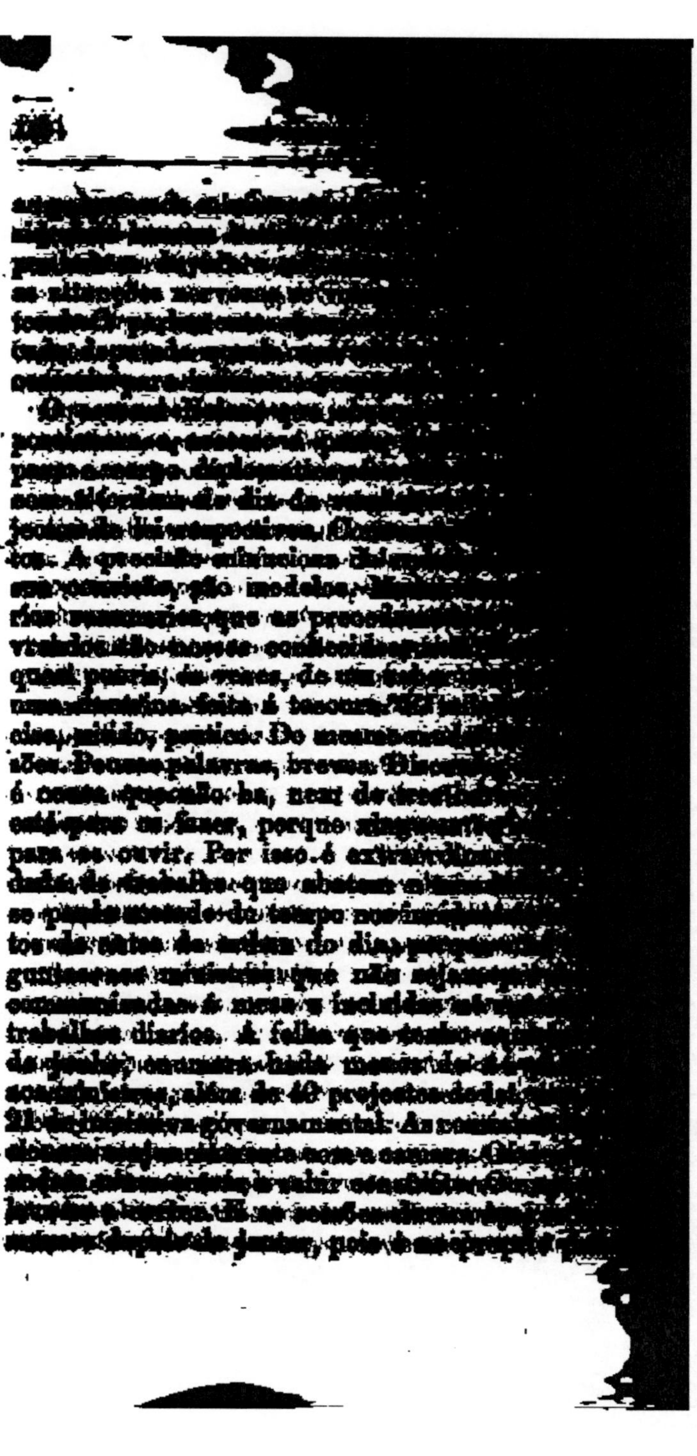

[illegible]

[illegible] Gladstone [illegible]

[illegible] O problema [illegible]

[illegible] Gladstone [illegible]

[illegible] de Edimburgo, [illegible]

[illegible] a Inglaterra [illegible]

[illegible] moldes [illegible]

[illegible] dos Estados Unidos, [illegible]

[illegible] Gladstone [illegible] um corpo de [illegible] com [illegible] capital da Escossia, o *great old man* dizia que, se a Escossia quizesse tambem o *home rule*, tambem o teria.

A chimera de uma metropole federal, regendo um vastissimo imperio ultramarino, mostra a nú o ponto de crise a que a Inglaterra tinha de forçosamente chegar, e em que se encontra. Por um lado, o temperamento da raça, naturalista e individualmente exuberante; por outro a tradição de uma historia em que as nacionalidades enfeixadas no Reino-Unido não chegaram ao ponto de fusão e penetração reciprocas, estão chamando o radicalismo para a fórma federal. Mas este pensamento briga fundamentalmente, em primeiro logar, com a revolução economica que transformou a Inglaterra n'uma fabrica-banco para explorar o mundo inteiro, dependendo d'elle para a subsistencia alimenticia; e em segundo logar, com o facto do dominio politico exercido sobre toda a superficie do globo, n'um imperio retalhado a que unicamente imprime nexo e garante estabilidade, a manutenção de um poder militar-naval incomparavel.

A historia inteira, vindo em soccorro do bom-senso mais elementar, mostra-nos que o *imperialismo* da Inglaterra é a consequencia necessaria do seu papel economico e da vastidão dos seus dominios; dizendo-nos que no dia em que a Inglaterra quizesse voltar ao *puritanismo* federativo, n'esse dia, com applauso do mundo inteiro, o seu poder politico teria desabado.

[illegible]

[illegible]

[illegible] liberdade individual [illegible]
[illegible] protegendo [illegible]
[illegible]
[illegible]
[illegible] que é [illegible]
[illegible]
opiniões individuaes, inglezes [illegible]
rem, que já um acto, a mesma [illegible]
duos, e o instincto [illegible]
[illegible] os inglezes serão [illegible]
[illegible] collectivo é imperialista [illegible]

Já, o sabe-ha tanto tempo, [illegible]
se chegou á situação para que [illegible]
Já na Birmania o imperio inglez [illegible]
[illegible] do Tonkin, e de Annam. Já [illegible]
[illegible] em todo o Afghanistan, inglez [illegible]
[illegible] frente, abocanhando [illegible]
expansão [illegible]. Ameaça [illegible]
Não; mas cairia por terra, no [illegible]
[illegible] a segurança da estrada da [illegible]
[illegible] successivas, Gibraltar [illegible]
[illegible] Egypto, Aden. [illegible]
[illegible] de força, natural [illegible]
por isso, tem hoje, dado que o Egypto [illegible]
[illegible]

[illegible]

Só d[illegible] [illegible] pole das ilhas britannicas. Emancipadas as colonias, defendidas as nações estranhas por uma [illegible] politica economica, a Inglaterra [illegible] [illegible] marinha, e tendo de comprar quasi tudo quanto [illegible] [illegible] exportação e a [illegible] [illegible]

[illegible]

[illegible] do Reino-Unido [illegible]
[illegible] política constitucional [illegible]
[illegible]
[illegible] a vida;
[illegible] jacobinismo político [illegible]
[illegible]
[illegible] da protecção [illegible]
[illegible]

a qual influencia [illegible] como [illegible] [illegible] tros, deputados, generaes, [illegible] é inteiramente outro. Com a [illegible] e com a accumulação da [illegible] [illegible] da concorrencia e da [illegible] parecem a classe média [illegible] por que nas cidades, é [illegible] historica sobre o [illegible] O vasto e solido strato de [illegible] várias, base social da nação [illegible] dade é uma democracia, [illegible] vairamentos demagogicos e [illegible] anarchistas das plebes urbanas. Em [illegible] perante uma minoria de plutocratas, [illegible] tidão proletaria, a democracia [illegible] cado contra os desvairamentos [illegible] senso fleugmatico do genio nacional [illegible] tipathia pelas idéas geraes e system[illegible]

Mas a propria nitidez d'esta situa[illegible] ta, sem necessidade de mais expli[illegible] [illegible] adequado para a [illegible] [illegible]

[illegible]

[illegible] mais velho já podia [illegible]

[illegible] Muitos poucos [illegible]

[illegible]

[illegible] que o [illegible]

[illegible] é mais [illegible]

[illegible] nem [illegible]

[illegible] epocha, se filhos [illegible]

[illegible] todos [illegible]

[illegible] Já [illegible]

[illegible]

[illegible]

[illegible] 1880 [illegible]

[illegible] associações [illegible]

[illegible] skilled e unskilled labour [illegible] figura do movimento [illegible]; John [illegible] do [illegible] actual.

[illegible] tempo, viril e [illegible]; [illegible] e [illegible] Thomas [illegible] proprio [illegible]. A [illegible] que ganhára [illegible] organisado [illegible]; estabelecendo [illegible] já em 1871 [illegible]

[illegible] de vista e [illegible] o grande [illegible]

[illegible] do que é pela educação, pela [illegible]

[illegible]

XXVIII

[illegible] Os [illegible] [illegible]

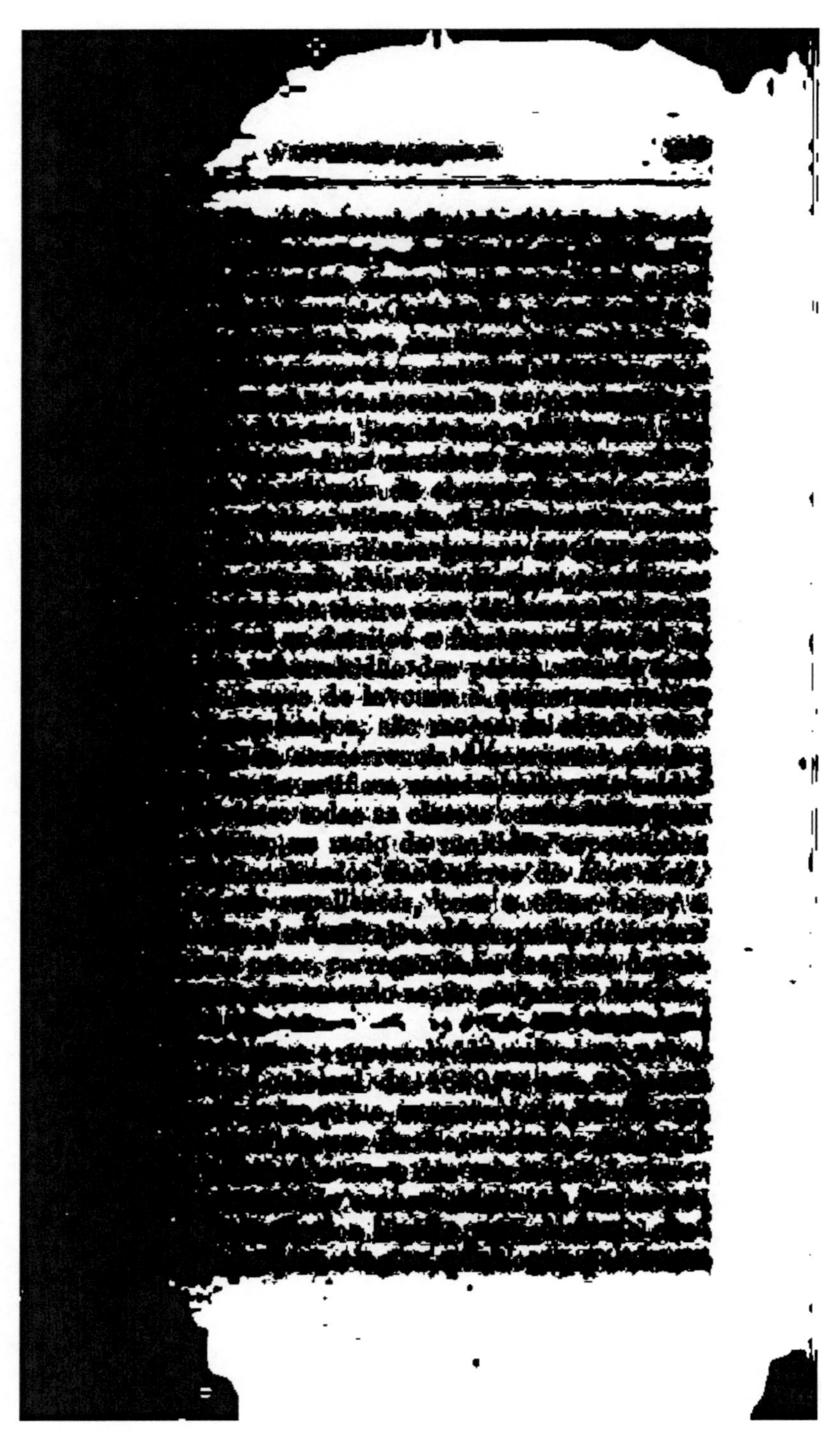

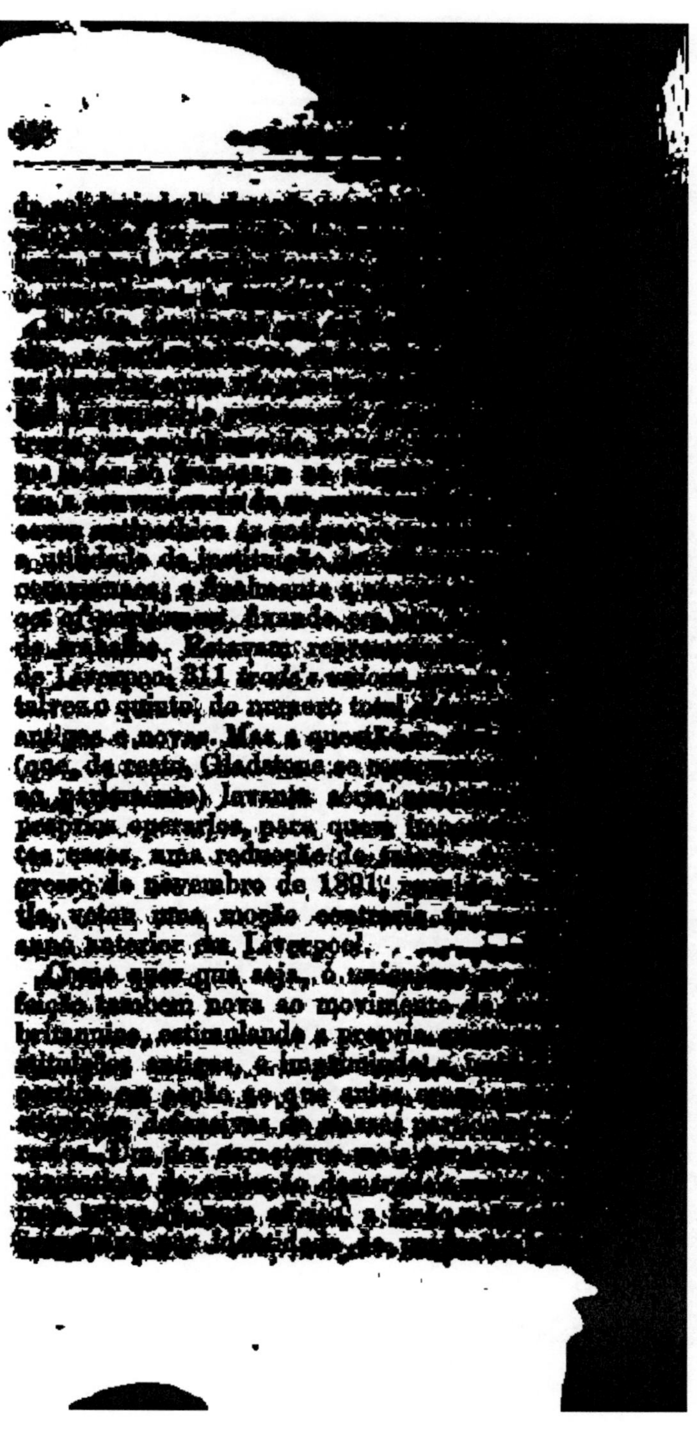

[illegible] Reino Unido são cem mil soldados [illegible]: serviço democratico militar não ha [illegible]. E são além d'isso um [illegible] voluntarios, milicianos, ou guardas nacio[illegible] podessem servir em caso de inva[illegible] valor para o de revoluções [illegible] não existe, portanto, classe [illegible]

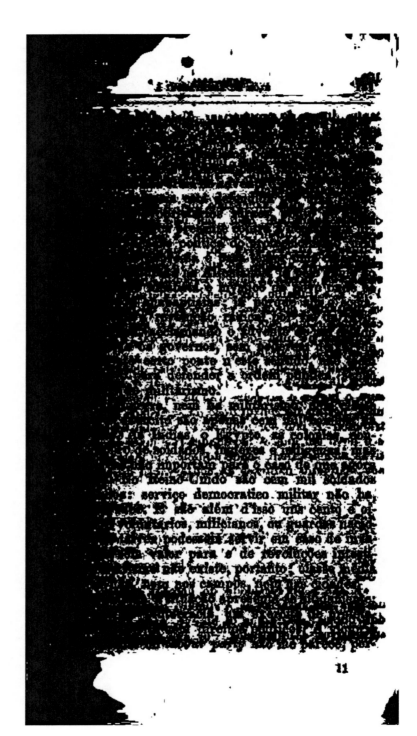

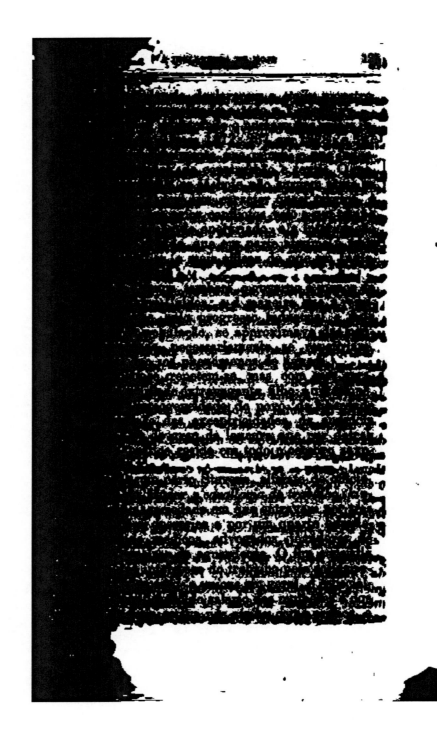

[illegible]

nas hulheiras e metallurgias [illegible]

[illegible] Pittsburgo [illegible]

Pensylvania.

Na Belgica, 1867 vê a greve [illegible]

[illegible] 1869 a [illegible]

[illegible] os operarios [illegible]

[illegible]

e á infanteria á bayoneta calada [illegible]

[illegible] redempção [illegible]

cionais, eram os prodromos de [illegible]

o echo da greve de Roubaix, que [illegible]

pois, em 1876, vem a greve de [illegible]

[illegible] do terremoto de 1875 [illegible]

Em 1884, [illegible] os vidraceiros [illegible]

[illegible] a fronteira, [illegible]

[illegible] Roubaix em 1867, de [illegible]

[illegible] finalmente, em 18[illegible]

[illegible]

zido teares aperfeiçoados que economisavam a mão de obra. Um operario podia servir dois teares, em vez de um só. D'ahi, reclamações de augmento de salario para a partilha da economia. Perante a recusa, abandonaram em tumulto as officinas. Eram mais de vinte e cinco mil. As auctoridades pediram reforços de tropa a Lille; antes, porém, que as tropas chegassem, houve horas de tumulto desenfreado. Invadiram as officinas, despedaçaram os teares novos, saquearam e incendiaram as casas de dois fabricantes, deram vasão aos odios comprimidos de muitos annos, como nas guerras de escravos, ou nas *jacqueries* da Idade média.

Depois da tragedia de 1871, por cinco annos não ha *grèves* em França; mas logo, em 1876, surgem os carpinteiros; de Paris, em 1880 e 1882, os marceneiros. Em 1878, ha as *grèves* monstruosas de Decazeville e de Anzin, repetidas em 1884 e 1886; acompanhadas, em 1881, pela de Commentry. Estes são os fastos nas minas e na metallurgia; nas industrias textis, em 1879, declaram *grève* os *canuts* de Lyão, e em 1882, os tecelões de Roanne e de Bessèges.

A *Statistique générale de la France* accusa por estes numeros a extensão, a duração e a importancia numerica das *grèves* francezas nos ultimos annos:

Annos	Numero de *grèves*	Dias de duração	Numero de grevistas
1882	182	3:696	42:156
1883	144	1:442	32:908
1884	90	1:445	23:702
1885	108	1:056	16:671
1886	161	1:787	19:556
1887	108	732	10:117

O numero de dias de trabalho perdido em 1887,

[illegible] 1866, [illegible] da A[illegible] [illegible] e [illegible] Quintino [illegible] [illegible] 1867 [illegible] dos [illegible] de Armentières, [illegible] e de Loisin, nos Ardennes, [illegible]

Em França, como em Inglaterra, [illegible] diminue a frequencia [illegible] das grèves. Porquê?

— [illegible]

XXXI

Temos contado as batalhas, [illegible] perdas. Quem fosse a calcular [illegible] perdidos pelos operarios nas [illegible] da guerra social, chegaria a somma [illegible] de concluir que esse processo [illegible] [illegible] ruinoso, e achando [illegible] dos [illegible] um argumento [illegible] quencia da desillusão do proletariado [illegible]

Ora é isto o que a estatistica [illegible] terminante.

Na [illegible] historia dos preços, o celebre [illegible] inglez [illegible] apresenta a seguinte [illegible] [illegible] varios officios em Inglaterra [illegible] indicadas e que abrangem [illegible] [illegible] anteriormente estudado [illegible]

aos estadistas a primeira urgencia; porque, no consumo interno, é mais facil alterar os preços dos productos e mitigar a ambição dos operarios, sem aniquilar industrias que, sujeitas á concorrencia dos preços externos, não supportariam a lucta.

Assim, do movimento iniciado no nosso seculo e que sem duvida alguma se accentuará no seculo XX, ha de resultar, quanto a nós, a nacionalisação geral das industrias, consumindo cada qual a producção propria e trocando com outros os excedentes. Exemplos como os da Inglaterra, fabrica immensa que fornece de manufacturas o mundo, recebendo do mundo inteiro as materias primas e os alimentos, são evidentemente factos contra a natureza social e economica, embora proviessem, com effeito, de condições da natureza geologica.

Por outro lado, nacionalisando-se as industrias, crescendo parallelamente a educação das classes trabalhadoras e a centralisação industrial e commercial no regimen capitalista em que estamos vivendo, é facil tambem prever que um dia virá em que, mediante o credito e a cooperação, os trabalhadores dispensarão a intervenção do capital credor de juros, isto é, individualisado.

N'uma palavra, para que o producto integral do trabalho pertença ás classes trabalhadores, é necessario que ellas, pelo grau da sua educação moral e intellectual, possam prescindir da direcção economicamente protectora do capital. Antes d'isso todas as revoluções são insensatas; depois, todas as resistencias serão vãs.

[illegible]
que um seculo antes … [illegible]
… 42 horas reduzidos á 20 por …

Tal é o resultado pratico da … das *unions* inglezas, sendo … melhoria obtida pelas classes operarias … perdas das *strikes* que são como … guerra, a industria ingleza não obs… rapida crescente das nações … radiação do proteccionismo, não … progredir. Esta é a prova provavel … ces operarias conseguiram … do capital e do trabalho em Inglaterra, … dicar a economia da producção.

Os salarios de toda a especie, affirma … biram cerca de 40 %, desde 1850 e … média, sobre o mundo civilisado. Uma … elevação, accrescenta, é consequencia … berta de ouro na California e na Aus… á propagação da instrucção publica, … pansão industrial e á maior procura de … rece, todavia, mais provavel ao auctor … sequencia dos caminhos de ferro, facili… gração e permittindo o deslocamento … rarios em demanda de melhor salario.

Não ha duvida que a emigração entra … mento indispensavel no problema; mas … se as pretenções dos operarios a melhor … podem obter-se emigrando, antes de … gração, os patrões concordaram, sem … em satisfazer-lhes os pedidos. Quanto … dente que a elevação do salario liquido … e nos Estados Unidos, provém principalm…

do movimento de resistencia operaria, denunciado n'este seculo de um modo regular; o que não quer por fórma alguma dizer, nem que o operario possa arbitrariamente alterar as condições fataes do mercado do trabalho, nem que a emigração e outras causas apontadas deixassem de concorrer para os resultados expostos.

A elevação dos salarios em Inglaterra e França, entre 1840 e 1880, exprime-se por estes numeros:

INGLATERRA

	Pence por dia		
	1840	1860	1884
Ferreiros	42	56	64
Pedreiros	46	60	70
Carpinteiros	40	50	60
Latoeiros	44	60	70
Fiandeiros	36	40	48

FRANÇA

	Pence por dia	
	1840	1880
Ferreiros	25	35
Pedreiros	22	35
Carpinteiros	22	35
Latoeiros	22	33
Fiandeiros	24	36

A elevação média, a partir de 1840–50, é, respectivamente ás cinco classes, de 45, 55, 55, 55 e 42 por cento: elevação tanto mais grave, quanto os preços das subsistencias no mesmo periodo (excepto carne, manteiga e vinho) baixaram. Assim se explica o enorme desenvolvimento das caixas economicas por toda a Europa, pois em toda ella é geral o phenomeno estudado em Inglaterra e França.

Conforme os *Census Reports* dos Estados Unidos, a média das economias operarias, a partir de 1850, vem subindo n'esta escala:

	Libras por anno	*Pence* por dia
1850...........	51	40
1860...........	61	48
1870...........	69	53
1880...........	73	57

O accrescimo é tambem de 44 %, como na Europa; os *knights of labour* alcançam resultados identicos ao das *trade's unions*.

Todavia o trabalho é mais remunerador nos Estados Unidos, porque ahi o salario liquido é maior, como se vê d'esta tabella:

	Shillings por semana		
	Salario	Alimento	Sobra
Inglaterra........	31	14	17
França..........	21	12	9
Allemanha.......	16	10	6
Belgica..........	20	12	8
Italia...........	15	9	6
Hespanha........	16	10	6
	—	—	—
Europa, média....	20	11	9
Estados Unidos...	48	16	32
Australia........	40	12	28

Mulhal affirma que a condição dos operarios só se pode considerar satisfactoria quando um dia de [illegible] Unidos, onde a [illegible] a 44 e a 81 [illegible] conclue-se [illegible] a que [illegible] patrões defraudarem os operarios [illegible] Inglaterra e pode dizer-se [illegible] Europa em geral, a parte do capitalista está [illegible] minimo, além do qual deixaria de ser [illegible] empregar capitaes na industria.

[illegible], na Allemanha, e em outros paizes, [illegible] os capitaes teem juros superiores aos de [illegible], claramente a quota parte do capitalista [illegible] maior, e por isso a do operario menor, na [illegible] preço de venda do producto. E se [illegible] se altera por virtude de direitos [illegible] elevando-se o preço artificialmente, logo [illegible] da vida reduz o salario liquido, [illegible] elevada a taxa dos jornaes industriaes.

[illegible], portanto, de todos os numeros que [illegible], havemos de concordar na effica-[illegible] dos meios empregados pelas clas-[illegible], para reivindicarem a sua quota parte [illegible] productos fabris. As *strikes* [illegible] como resultado positivo augmentar os [illegible] de metade do que [illegible]: [illegible] pode dizer-se, o lucro da industria fabril á [illegible] preço do dinheiro, ou juro.

[illegible] augmento do salario não é egual á [illegible], [illegible] provém do encarecimento dos alimentos, [illegible] excessivo preço das casas de habitação [illegible] á construcção de bairros [illegible], a [illegible] a descentralização das fabricas para o [illegible] respectivo natural e necessario.

[illegible], portanto, a efficacia das

paredes operarias, estes proprios numeros nos mostram por que razão as *grèves* não teem já hoje o caracter terrivel, nem a magnitude e frequencia de ha trinta annos. É que emendaram muitos vicios, e approximaram da norma as relações do capital e do trabalho, educando na propria lucta os interessados, tanto patrões, como operarios, para não abusarem, uns da tyrannia que o dinheiro dá, outros da força que dá o numero.

Á sombra das leis que permittiram as coalisões operarias, expandiram-se, mais ou menos desordenamente, as sociedades de resistencia e as paredes promovidas ou patrocinadas por ellas.

Exaltou-se a imaginação, acendeu-se o idealismo; fez-se, de uma questão pratica, um programma de redempção social; generalisou-se o plano de guerra até á suppressão immediata do capital na industria pela expropriação collectivista; e alargou-se o campo de acção até á chimera de um cosmopolitismo operario, ligadas as classes de todos os paizes pelos vinculos da Internacional. Essa chimera desfez-se n'uma tempestade de fogo e sangue, de incendio e morte.

Á paz dos primeiros annos posteriores a 1871, paz resultante da desordem e do cansaço, succedeu o estado anterior ao periodo de embriaguez idealista. Dentro de cada nação, as classes operarias associadas defender os seus interesses, na medida do possivel. Mas, da guerra de 1870, resultou a entrada, no mercado industrial do mundo, da Allemanha com a força de um grande imperio; e a hegemonia politica exercida por ella na Europa, durante vinte annos, pelo menos, pensou o imperador podel-a exercer na economia industrial do mundo, para de tal modo satisfazer as exigencias mysticas do seu espirito, as tradições da sua dynastia, e, ao

aos estadistas a primeira urgencia; porque, no consumo interno, é mais facil alterar os preços dos productos e mitigar a ambição dos operarios, sem aniquilar industrias que, sujeitas á concorrencia dos preços externos, não supportariam a lucta.

Assim, do movimento iniciado no nosso seculo e que sem duvida alguma se accentuará no seculo XX, ha de resultar, quanto a nós, a nacionalisação geral das industrias, consumindo cada qual a producção propria e trocando com outros os excedentes. Exemplos como os da Inglaterra, fabrica immensa que fornece de manufacturas o mundo, recebendo do mundo inteiro as materias primas e os alimentos, são evidentemente factos contra a natureza social e economica, embora proviessem, com effeito, de condições da natureza geologica.

Por outro lado, nacionalisando-se as industrias, crescendo parallelamente a educação das classes trabalhadoras e a centralisação industrial e commercial no regimen capitalista em que estamos vivendo, é facil tambem prever que um dia virá em que, mediante o credito e a cooperação, os trabalhadores dispensarão a intervenção do capital credor de juros, isto é, individualisado.

N'uma palavra, para que o producto integral do trabalho pertença ás classes trabalhadores, é necessario que ellas, pelo grau da sua educação moral e intellectual, possam prescindir da direcção economicamente protectora do capital. Antes d'isso todas as revoluções são insensatas; depois, todas as resistencias serão vãs.

perativas, casas, etc.), a cuja sombra o capital capciosamente realisava lucros: procurar, em summa, levantar o nivel intellectual e moral, e quanto possivel o rendimento do trabalho, pela lucta, quando a lucta é necessaria: eis a missão fecunda e victoriosa do movimento, a cujo estudo nos démos ao depararmos com as *trade's unions* inglezas.

Mas, acima de tudo, como expressão summaria, está o augmento de salario, porque as mais das revindicações se traduzem n'elle: e o augmento de salario limita-se pelas condições do mercado dos productos. Assim que o capital de uma industria não produza liquido o juro corrente do dinheiro, a industria morre, o trabalho desapparece, e os operarios teem de emigrar. Não conseguem suprimir o capital: obrigam-no a ir procurar outro rumo, supprimindo o trabalho. A *grève* é uma espada de dois gumes: mal jogada, mata quem a empunha.

A capacidade crescente das classes operarias, resultado da vida democratica e da propria guerra social; o terem alcançado uma parte relativamente mais consideravel do valor venal dos productos, na repartição do salario; o não desistirem do ideal de uma sociedade collectivista, estando assim armadas para aproveitarem do menor ensejo: tudo isto faz com que as nações que em grande parte vivem do rendimento de industrias de exportação, soffram de um mal-estar social e economico, sómente corrigido pelo derivativo da emigração. É o que de ha muito succede em Inglaterra, e hoje principalmente afflige a Allemanha.

E a esta circumstancia se ha de, sobretudo, attribuir a revolução que teem soffrido as idéas quanto ao commercio externo, dando-se por toda a parte a preferencia ás doutrinas proteccionistas. Defender o mercado interno do consumo, parece com razão [illegible] O [illegible] reivindicações [illegible] de classes, [illegible] do *quanto* [illegible] instituições collectivistas.

[illegible] que nenhuma das grandes [illegible], sem a preparação indispensavel [illegible]. Mas não é menos [illegible] que [illegible] não podia, por [illegible] o capitalismo [illegible] possibilidade de [illegible] de paizes coloniaes productores da [illegible] de alimentos e [illegible] economica, pela [illegible] nos paizes [illegible] de trabalho, [illegible] evolutivo em que os trabalhadores [illegible] dos fabris, etc. [illegible] pela diminuição [illegible] de [illegible] do salario, [illegible] instituições [illegible] perativas, casas, etc.), a cuja sombra o capital capciosamente realisava lucros: procurar, em summa, levantar o nivel intellectual e moral, e quanto possivel o rendimento do trabalho, pela lucta, quando a lucta é necessaria: eis a missão fecunda e victoriosa do movimento, a cujo estudo nos démos ao depararmos com as *trade's unions* inglezas.

Mas, acima de tudo, como expressão summaria, está o augmento de salario, porque as mais das revindicações se traduzem n'elle: e o augmento de salario limita-se pelas condições do mercado dos productos. Assim que o capital de uma industria não produza liquido o juro corrente do dinheiro, a industria morre, o trabalho desapparece, e os operarios teem de emigrar. Não conseguem suprimir o capital: obrigam-no a ir procurar outro rumo, supprimindo o trabalho. A *grève* é uma espada de dois gumes: mal jogada, mata quem a empunha.

A capacidade crescente das classes operarias, resultado da vida democratica e da propria guerra social; o terem alcançado uma parte relativamente mais consideravel do valor venal dos productos, na repartição do salario; o não desistirem do ideal de uma sociedade collectivista, estando assim armadas para aproveitarem do menor ensejo: tudo isto faz com que as nações que em grande parte vivem do rendimento de industrias de exportação, soffram de um mal-estar social e economico, sómente corrigido pelo derivativo da emigração. É o que de ha muito succede em Inglaterra, e hoje principalmente afflige a Allemanha.

E a esta circumstancia se ha de, sobretudo, attribuir a revolução que teem soffrido as idéas quanto ao commercio externo, dando-se por toda a parte a preferencia ás doutrinas proteccionistas. Defender o mercado interno do consumo, parece com razão

aos estadistas a primeira urgencia; porque, no consumo interno, é mais facil alterar os preços dos productos e mitigar a ambição dos operarios, sem aniquilar industrias que, sujeitas á concorrencia dos preços externos, não supportariam a lucta.

Assim, do movimento iniciado no nosso seculo e que sem duvida alguma se accentuará no seculo XX, ha de resultar, quanto a nós, a nacionalisação geral das industrias, consumindo cada qual a producção propria e trocando com outros os excedentes. Exemplos como os da Inglaterra, fabrica immensa que fornece de manufacturas o mundo, recebendo do mundo inteiro as materias primas e os alimentos, são evidentemente factos contra a natureza social e economica, embora proviessem, com effeito, de condições da natureza geologica.

Por outro lado, nacionalisando-se as industrias, crescendo parallelamente a educação das classes trabalhadoras e a centralisação industrial e commercial no regimen capitalista em que estamos vivendo, é facil tambem prever que um dia virá em que, mediante o credito e a cooperação, os trabalhadores dispensarão a intervenção do capital credor de juros, isto é, individualisado.

N'uma palavra, para que o producto integral do trabalho pertença ás classes trabalhadores, é necessario que ellas, pelo grau da sua educação moral e intellectual, possam prescindir da direcção economicamente protectora do capital. Antes d'isso todas as revoluções são insensatas; depois, todas as resistencias serão vãs.

XXXII

O grande inimigo da [illegible] [illegible] em Inglaterra [illegible] no vicio [illegible] [illegible] da raça [illegible] [illegible] a embriaguez. [illegible]

[illegible] o vicio de todas as classes, não é [illegible] proletariado. Acirra-se, é claro, com a [illegible] no seio da opulencia. Arrebata [illegible] e bo[illegible]; mas seduz tambem a gente [illegible] [illegible]. Todos padecem d'elle, porque [illegible] mesma qualidade da exuberancia de [illegible]

— As senhoras, dizia-me o Dr. D... [illegible] alcool, tomam chloral e agua de Colonia. [illegible] [illegible] do estafar da vida de sociedade [illegible] e [illegible] tomado o gosto... Ultimamente [illegible] duziu-se a inhalação do nitrito de amylo [illegible] [illegible]. Tambem usam o ether; mas [illegible] que tanto, é nas classes baixas que [illegible] [illegible] mais. No norte da Irlanda, chega [illegible] proprio *whisky*... Toda a gente se [illegible] nosso vicio nacional.

— [illegible], tambem, entre [illegible] [illegible]

— *Certainly*, indubitavelmente. [illegible] [illegible] vinte *shillings*, e dez, [illegible] bens. São trinta mil pessoas presas [illegible] Londres por embriaguez [1]; dois terços [illegible] [illegible] aggressiva. São presos em [illegible]

---

[1] 1860.......... 18:199 prisões, ou 6 % da popula[illegible]
1880.......... 29:868 » » 6,8 » [illegible]
1890.......... 31:310 » » 5,4 » [illegible]

[2] Presos por embriaguez simples, [illegible] homens e [illegible] mulheres; com desordem, 18:471 homens e [illegible] mulheres [illegible]

[illegible]

[illegible] quando [illegible] no [illegible]

[illegible] da vinda, [illegible]

[illegible] e a [illegible] Em 1830 [illegible] 12.16.6; em 1866 [illegible]

[illegible] East End [illegible]

[illegible] para todo, [illegible] Mile End road [illegible] sobre o Tamisa [illegible]

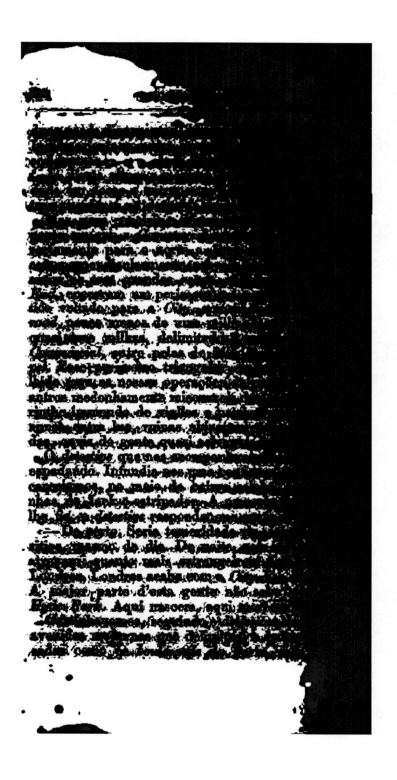

[illegible]

[illegible]

O *detective* virou, guiando-nos [illegible] uma rua breve. Dos lados [illegible] homens sinistros, [illegible] no meio da rua. O [illegible] oficial. Chegámos a um [illegible] cadáveres [illegible] um recanto [illegible] de uma pedra. [illegible] com o [illegible]

— Foi aqui, disse-nos o *detective* [illegible] foi aqui que [illegible] primeira vítima [illegible]

Seguimos adiante, e depois [illegible] nosso guia, bateu à porta [illegible] mundo. De dentro respondeu [illegible] Abriu-se a porta [illegible] meio encerrado. [illegible] quando muito, duas vezes [illegible] de ferro arrumado a um lado. Uma [illegible] sem velador, iluminava [illegible]

[illegible]

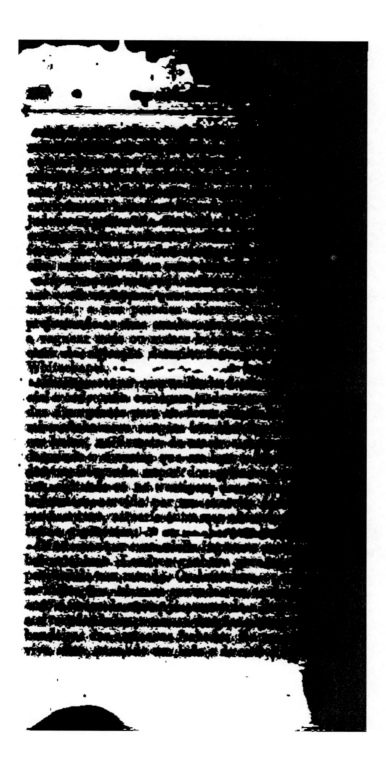

[illegible]

[illegible] impedia de emitir [illegible]

[illegible] abria o peito [illegible]

[illegible] carregávamos outra [illegible]

[illegible] fumo [illegible]

[illegible] estendido, [illegible]

[illegible] da cabeleira, [illegible]

[illegible] primeiros [illegible]

[illegible] ou beiços de que [illegible]

[illegible] documento o [illegible]

[illegible] pelos beiços [illegible]

[illegible] ao lado do [illegible]

[illegible] fechada. O [illegible]

[illegible]

os vicios me tinham passado perante os olhos n'uma exibição desoladora, levado pelo braço da auctoridade impassivel. Tudo isto é horrivel, mas a verdade é que já o foi mais. A criminalidade baixa consideravelmente.[1] A taxa dos pobres representa um orçamento tão grande como o de Portugal. Convém a este respeito ler a obra de Fowle, *The poor law*. São oito milhões de libras sterlinas; é uma contribuição de 10 shillings 9 pence, para o habitante de Londres, e de 5 shillings 9 pence, para o inglez em geral. Com este dinheiro se soccorrem cerca de cem mil pessoas por dia[2] em Londres, e

[1] Eis alguns numeros que o demonstram, relativos á Inglaterra, cuja população, de 1868 para 1890, subiu de 22 para 29 milhões.

	1868	1890
Crimes	58.441	38.650
Prisões	29.278	17.672
Condemnações	14.340	9.242

	População das prisões em 31 de março	Criminosos e suspeitos
1868	—	54.249
1879	19.818	—
1882	—	38.420
1885	16.618	—
1890	—	31.225
1891	13.076	—

[2] Soccorros em Londres no ultimo dia da segunda semana de novembro de 1891:

Domicilios	58.035
Errantes:	
Adultos	2.0816
Menores de 16 annos	11.976
	90.827
Em 1890	92.048

[illegible]

[illegible]

[illegible] gente recorrendo de [illegible] dos papagaios e garças [illegible]

«As [illegible]

[illegible] já que [illegible]

[illegible] estranho todo e qualquer [illegible] de [illegible]

[illegible]

[illegible]

[illegible]

[illegible] da communi[illegible] [illegible]

[illegible]

[illegible]

Estas duas [illegible]

quantiosos capitaes [illegible]

avizinhava, com a constr[illegible]

nhos de ferro do mundo. [illegible]

de títulos das [illegible]

dessas [illegible] ao capital [illegible]

certo, juro relativamente baixo [illegible]

determinado pela dos fundos [illegible]

crer [illegible] a colher dos [illegible]

fundassem com capitaes [illegible]

Os accionistas de taes empresas [illegible]

si o accrescimo de rendimento [illegible]

emissão [illegible]; ao mesmo [illegible]

rista, conscientemente, com um [illegible]

por vezes nullo, sommas [illegible]

vertido nas emprezas ideadas por [illegible]

isto a effeito, que era necessario [illegible]

tulos da nova especie com os [illegible]

tribuir ás companhias [illegible]

o que se iniciou em França [illegible]

para a construcção da rêde das [illegible]

e para a instituição do credito [illegible]

por uma combinação habil [illegible]

[illegible] das obrigações [illegible]

o [illegible]

[illegible] obrigações [illegible]

acções da invenção ingleza juntaram-se [illegible], á [illegible] dos [illegible], [illegible] aos fundos publicos. A Inglaterra [illegible] mais; a França inventou a divida particular [illegible], transformando as companhias em verdadeiros estados, e a sociedade economica [illegible] feudalismo de especie nova.

É de França tambem que vem a invenção subsequente das *partes-de-fundador*. Com as obrigações garantidas conseguiram-se chamar á industria e ás obras publicas as economias dispersas do publico. Mobilisadas em papel, circulavam, com as acções, ao lado dos fundos publicos. Conseguira-se mais: concentrar os grossos lucros, que theoricamente pertenciam, ou ao estado, ou a quem dera o dinheiro, nas mãos dos accionistas iniciadores. Assim a acção do *Norte* de França, de um desembolso hypothetico de 400 francos, vale hoje 1:900 ou 2:000, porque rende só anno 70 francos. Os accionistas quintuplicaram os haveres.

Lucros tão consideraveis, abriam os olhos á cobiça. Empresas tão magestosas, não se construiam sem untar muitas mãos. Se a iniciativa propulsora do capital-acções era muito, a iniciativa do agente homem-do-mundo, ou cavalheiro-de-industria, não valia tambem menos. Pagar-lhes os serviços a dinheiro somente, podia ser arriscado; interessal-os nos lucros futuros, não. D'ahi as *partes-de-fundador*, ou acções beneficiarias, titulos [illegible] que antecipadamente descontavam o futuro, e cujo valor [illegible] em [illegible], como se [illegible] tes das novas que [illegible] A [illegible] do canal de Suez [illegible] que está ligado o nome de Lesseps [illegible] encarnação, quasi épica, de [illegible].

A Bolsa, por tal fórma, podia [illegible] todos

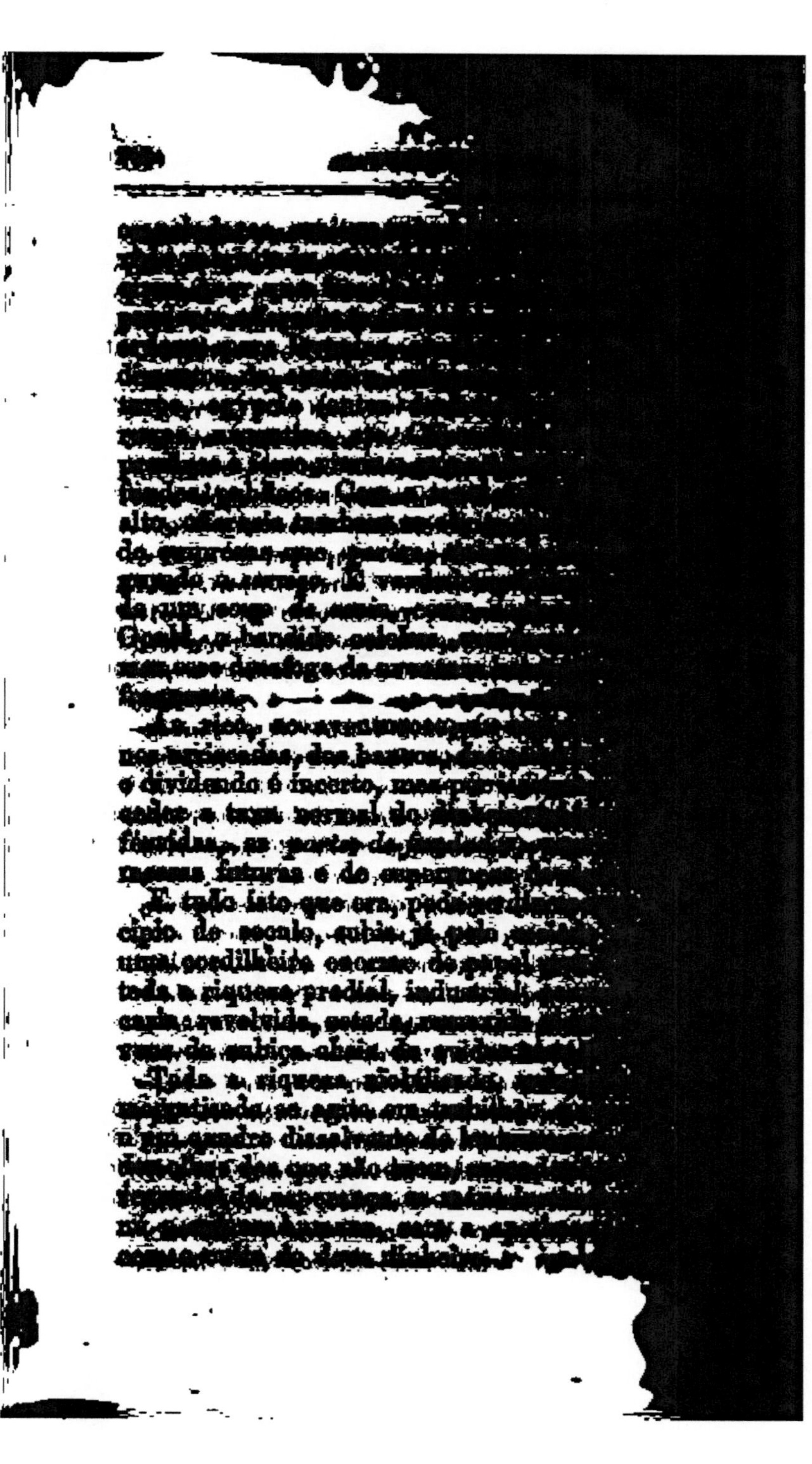

[illegible] a especulação pulverisa-se. [illegible] capital de milhões com migalhas [illegible] Quem é o dono? Ninguem!

[illegible] d'este modo á sua expressão [illegible] correspondente ao que é [illegible] que se joga; [illegible] sociedade. [illegible] ter de jogar; mas, ainda hoje a [illegible] passam suavemente, indifferentemente [illegible] que para os bolsos de outros, [illegible] a somma perdida nas expedições [illegible] que ficaram. Tambem se perderam [illegible] muitas vidas no Panamá, e então [illegible] Porque? Porque um titulo de quinhentos [illegible] já se considera uma capitalisação, e [illegible] reduz o valor a zero, dec.; ao passo [illegible] de libra não se conta, nem se lhe [illegible]

Reduzir o capital a uma verdadeira [illegible] pulverisando-o, eis ahi a ultima e genial [illegible] Com ella se está colonisando o Transvaal [illegible] bra de especulações que teem estado [illegible] bra á razão de duzentas, sem haver [illegible] de dividendo. Não se prevê bem que [illegible] vas podem já acudir á imaginação dos [illegible] sentido de attingir experimentalmente [illegible] exacta dada, desde o tempo de Platão, [illegible] Realisou-se a doutrina: o dinheiro é [illegible] ção, e o signo apenas sobre que se exerce [illegible] das paixões excitadas pela cubiça.

XXXV

Não admira, portanto, que esta vertigem [illegible] crises. Bagehot, o celebre autor do livro de [illegible] *bard Street*, depois de descrever o mecanismo [illegible] pitalista inglez, em tempos, é verdade, já [illegible] reconhecendo a instabilidade, confessa [illegible] desse modo é o melhor para explorar [illegible] mente o mundo, cumprindo a Inglaterra a [illegible] são de centralisar os lucros commerciaes [illegible] triaes.

[illegible] que [illegible] legislação, [illegible] da [illegible]. E se a concentração [illegible] dos individuos é o facto dominante da [illegible] internacionalmente, a Inglaterra, [illegible] da França [illegible] já [illegible] governa ainda [illegible] o [illegible]

[illegible] que o capitalismo [illegible] progressiva[illegible] as suas ultimas consequencias, [illegible] em varias ordens de cavallarias que [illegible] dão de si [illegible] sabem coroadas de exito, quando [illegible] os batalhões dos [illegible] de soldados do [illegible] dos Napoleões [illegible] rustica dos [illegible]. São fataes, quando [illegible] se desmorona o castello de cartas da [illegible] esmagando sob as ruinas de [illegible]

[illegible] a pena fallar do *train-train* ordinario [illegible] com o seu jogo diario, [illegible] que [illegible] pode dizer-se, [illegible] apenas ha logar para [illegible] determinadas pelos [illegible] nações ahi ainda [illegible] se trata de [illegible]. Diz-se [illegible]

[illegible]

[illegible] capitaes. Um emprestimo [illegible] [illegible] [illegible] co-o. se publico; e se o publico [illegible] [illegible] Baring, [illegible] dos argentinos; [illegible] [illegible] de 1880. [illegible]

[illegible] fallencias de banqueiros, [illegible] estrangeiros aventurosos, são talvez os m[illegible] tivas das crises de circulação. [illegible] tambem pelo motivo inverso, quando [illegible] [illegible] de 1876, [illegible]

[illegible] acções [illegible] ou no banco [illegible] banco, [illegible] assim [illegible]. Se o banco [illegible] o metallo no [illegible], como indifferente [illegible] o S. Martinho [illegible] custa do [illegible] que [illegible] que foi [illegible] o seu deposito [illegible]

[illegible] subscriptor [illegible] dos [illegible], o [illegible], na Bolsa, e na [illegible] subscriptor real [illegible] a comprar, com o [illegible] acções subscriptas [illegible]. Faz-se isso com o dinheiro [illegible] mesma fórma que os Estados [illegible] artificial dos seus titulos com [illegible]. Faz-se até sem [illegible] o lucro dos reportes, [illegible] se mantém na [illegible] a Companhia Real dos [illegible]

[illegible], a acção [illegible] da [illegible]

[illegible]

[illegible] a abstracção, quando [illegible] a acção de um [illegible]

[illegible] é que se não compra. Joga-se. [illegible] cheia da alta crença, o que [illegible] sejam amanhã cinco mil, que [illegible]; que o balão da esperança [illegible], entumecendo sempre as algibei- [illegible]. Como no pacato [illegible] jogo [illegible] *burro*, toda a questão é passar a va- [illegible] não ficar burro. Ora a regra, é que os espe- [illegible] não ficam burros: burros ficam os [illegible] da orelha cahida, a [illegible] synonymos que, no *bagout* bolsista, se chamam [illegible], quando as cousas tomam proporções [illegible] allucinação invade a propria gente séria, [illegible] o crack, arrastando na [illegible] os espertos, como succedeu no caso da [illegible], recente entre tantos outros, [illegible].

[illegible] porém, registrar ainda outra especie que [illegible] tempos tem tomado proporções [illegible] syndicato, a que os inglezes chamam [illegible] fallamos já dos syndicatos [illegible] e exigidos pela constituição [illegible] moderna: fallo de outros syndica- [illegible] pela ancia do ganho [illegible] extravagante foi em todos [illegible]

[illegible] que não quer dizer [illegible]

[illegible] do jogo bolsista [illegible]

[illegible] consequencia necessaria [illegible] do capitalismo [illegible] a causa [illegible] que periodicamente [illegible] causando ruinas, provocando [illegible] completo [illegible] riqueza [illegible] que as crises [illegible] Não [illegible] de especulação [illegible] riqueza [illegible] relativamente pouco [illegible] importou [illegible] dos portos [illegible]

[illegible]

[illegible]
[illegible]
[illegible]
[illegible]
onde, [illegible]
faminta [illegible]
do Sahara, pelos [illegible]
que [illegible]
filhos da [illegible]
sem mais do que [illegible]
tado de [illegible]
a [illegible]
ções [illegible]
grapados, para os dos [illegible]
liquidações.

Crises que tambem [illegible]
que parecem da deficiencia [illegible]
causa, tão grave em outras epochas [illegible]
aos dias subalternisada pelos [illegible]
circulação fiduciaria. [illegible]
hoje, o dreno de moeda para [illegible]
Já Plinio dizia que os romanos [illegible]
os annos para a India seis [illegible]
Humboldt calculou que a absorpção [illegible]
Oriente, no periodo de 1550 a 16[illegible]
milhões e meio de piastras [illegible]
1700 de dez milhões; e no de 178[illegible]
cinco milhões, principalmente [illegible]
sumo de chá. Posteriormente, [illegible]
alterou o estado das cousas; [illegible]
dernas accusam de 1862 a 1868 [illegible]
de moeda de valor approximado [illegible]
contos, ou seja cerca de trinta mil [illegible]
[illegible]
a [illegible]
[illegible]

[illegible]

[illegible] Antes [illegible] 1857 [illegible]
[illegible] a cotton-crash, determinado pela guerra
[illegible] Estados Unidos; assim succedera em 1825
[illegible] do thesouro, vencíveis no dia seguinte,
[illegible] a 2 %, isto é, a razão 730 % ao
[illegible] succedeu em 1848, em França, quando
[illegible] e vinte francos de premio por
[illegible] dias que a Macdade [illegible]
[illegible] Mas estas crises, repito, nada [illegible]
[illegible] juntam-se ás das especulações [illegible]
[illegible] de não destruirem riquezas [illegible]
[illegible] a distribuição normal [illegible]
[illegible] destructoras são apenas as que teem [illegible]
[illegible] cataclysmo, ou um erro. São as que [illegible]
[illegible] pestes, das guerras, da escassez de [illegible]
[illegible] ha causas physicas de destruição de
[illegible] as que se fundam em obras [illegible]
[illegible] em que todo, ou parte, do capital é [illegible]
[illegible] flagrante d'esta especie é a [illegible]
[illegible] colossal do Panamá. Ora, [illegible]
[illegible] que fecham a serie, [illegible]
[illegible] das crises de especulação, porque
[illegible] pelas aventuras temerarias [illegible]
[illegible] de parte as especies determinadas
[illegible] physicas ou organicas, [illegible]
[illegible] especulação, é necessario [illegible]
[illegible] que, em abono da theoria de [illegible]
[illegible] considera essas catastrophes [illegible]
[illegible] inherentes ao proprio capitalismo;
[illegible] do capitaes moveis em demanda de
[illegible] progressivamente [illegible]
[illegible] determina [illegible]
[illegible] as aventuras, e [illegible]
[illegible] pelo instincto de [illegible]
[illegible] impellido se [illegible]

[illegible] gigante' preito, [illegible] corpo economico [illegible] imperio [illegible] por outro lado; [illegible] por exemplo, em que [illegible] dos habitantes, [illegible] em classes [illegible] o as [illegible] exercido sobre [illegible] da riqueza collectiva. [illegible] que, na primeira hypothese, [illegible] e constitucional [illegible] da distribuição [illegible] sob a [illegible], [illegible] normalidade provenir [illegible] Mas, por isso mesmo que, [illegible] a riqueza nasce da exploração [illegible] por isso que de tal modo [illegible] e tambem evidente que [illegible] constitucional será, [illegible] e efficacia nos meios [illegible] é a sociedade segundo a norma [illegible] a sociedade segundo a norma [illegible]. Uma trabalha e distribue, [illegible] e arrecada a riqueza.[illegible]

[illegible] assim formulámos [illegible] pura verdade historica da Europa [illegible] seculo XVI, [illegible] europeu era [illegible] ções, [illegible] a terra era [illegible] relações [illegible] ao serviço do [illegible]

[illegible] Desde logo [illegible] Bem depressa [illegible] filigranas do Oriente. [illegible]

[illegible] (1818). O [illegible]

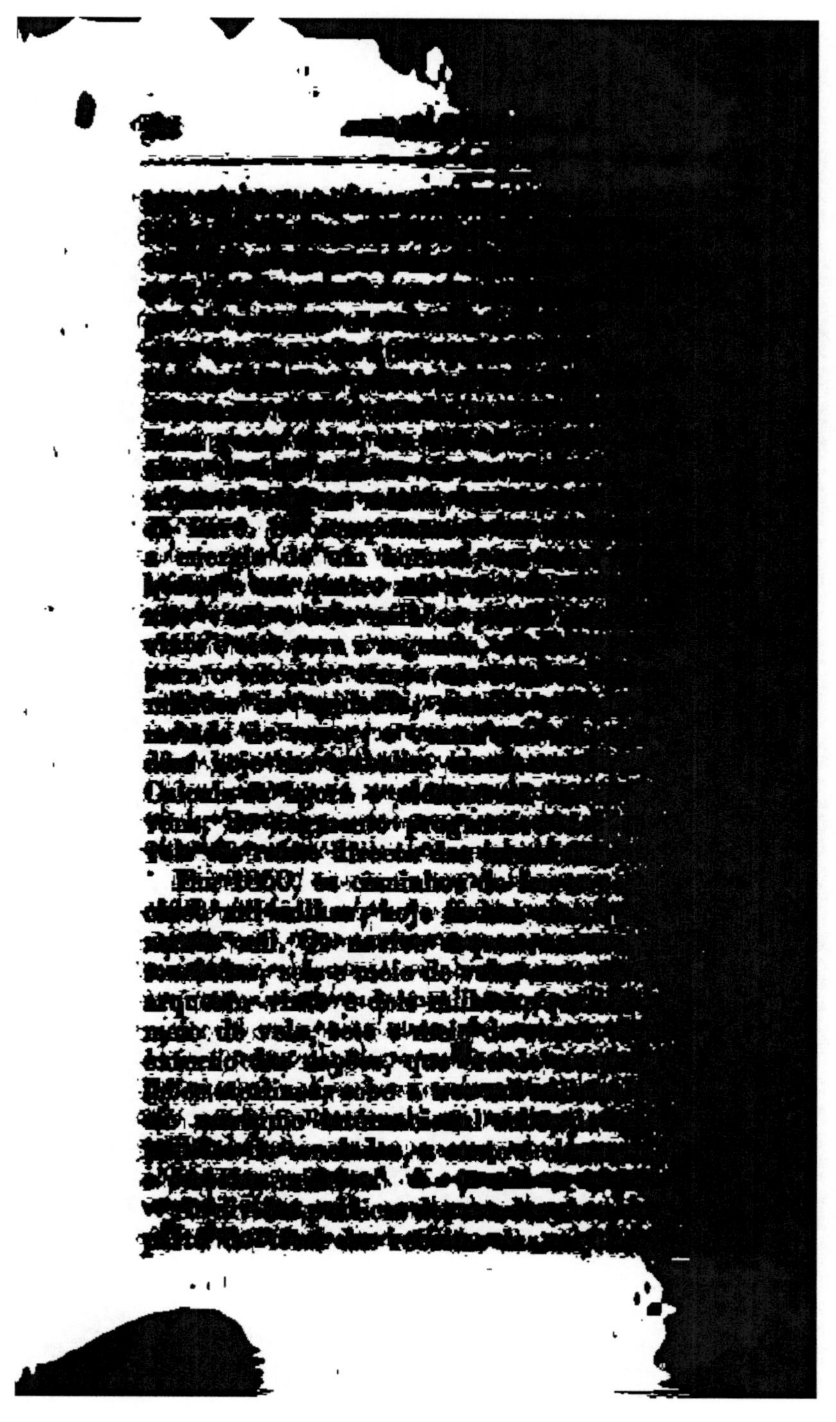

[illegible]

[illegible] permanentes do [illegible] de saldo em que [illegible] de exploração [illegible] de outros [illegible] do dinheiro, [illegible] a vida decadente. [illegible] do puramente, deixemos aquele [illegible] capitalismo atingira por [illegible], reduzindo o capital [illegible] que se quere o pagar, [illegible], cujo valor inicial é [illegible] do banco sobre que se [illegible] de especie alguma, [illegible] ter: se tudo isso já [illegible], digamos agora, quanto [illegible] homem de negocios. [illegible] tambem o lucro é uma [illegible] uma quantidade abstrata. O [illegible] já não existe. [illegible] andou desde o tempo de [illegible] milhões, dispõe de milhões, [illegible] transfere, reporta milhões, sem [illegible] vida [illegible] As [illegible] E muito [illegible]

[illegible]

[illegible] a pureza [illegible]

[illegible] antigo [illegible]

[illegible] havia que [illegible]

[illegible] quivel quando as [illegible]

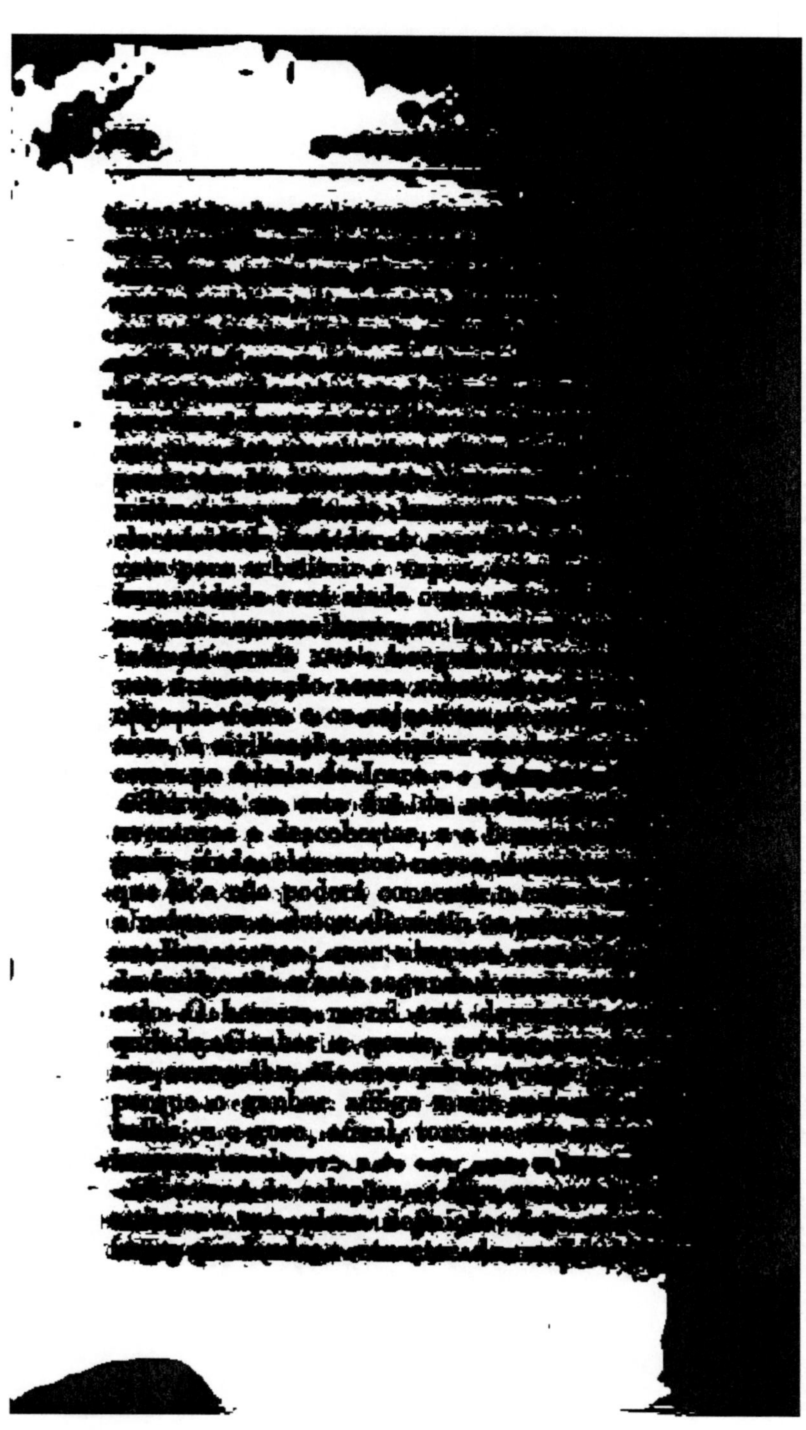

[illegible] o mesmo que [illegible] de capital, [illegible] pela lei de Stanley Jevons. Tanto [illegible] tanto melhoramos, [illegible] mentos são [illegible] capital móvel [illegible] teria, se não fossem as combinações [illegible] provada está [illegible] dívida [illegible] não pode [illegible] portanto, [illegible]

[illegible]

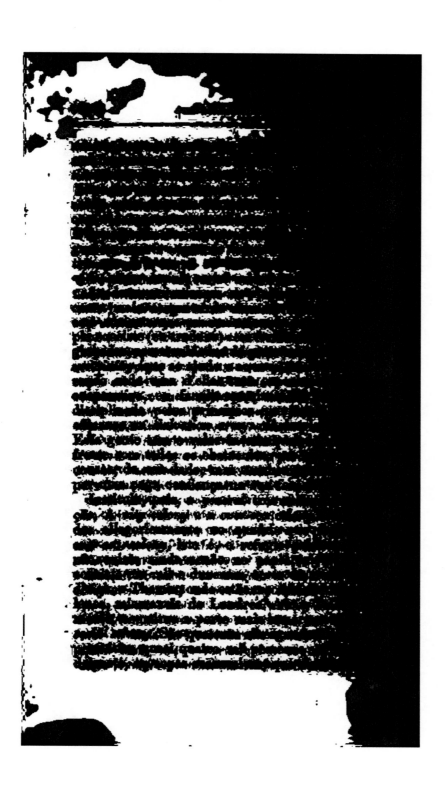

[illegible] Vale [illegible] trabalho mostra [illegible] £. 129.091 [illegible] £. 850.169 de dividas [illegible] 190.221 de saldo [illegible] propria [illegible] do credito [illegible] depositos [illegible] a praça [illegible] 17.161. O fundo de [illegible] 44.000 [illegible] e 17.000 [illegible]

[illegible] dormia ao ar livre [illegible] da fabrica [illegible] por [illegible] com um pedaço [illegible] que logo [illegible] [illegible] indo lá para [illegible] para os [illegible] [illegible]

[illegible] William Booth nasceu em 183[illegible] [illegible] longas [illegible] brilhantemente [illegible] Aos [illegible] na *Wesleyan chapel* [illegible] depois a base [illegible] missionava Booth em Londres [illegible] Aos vinte e quatro [illegible] methodista, *Methodist* [illegible] a sua vocação de missionario [illegible] Booth prégava tambem por seu lado [illegible] de 1865, armavam a sua tenda em [illegible] no coração da cidade da miseria londrina [illegible] a *East London christian mission* [illegible] que, ampliada com os [illegible] Booth nas suas peregrinações [illegible] se transformou em 1870 na [illegible] christã [illegible]

[illegible] annos depois, em 1878 [illegible]

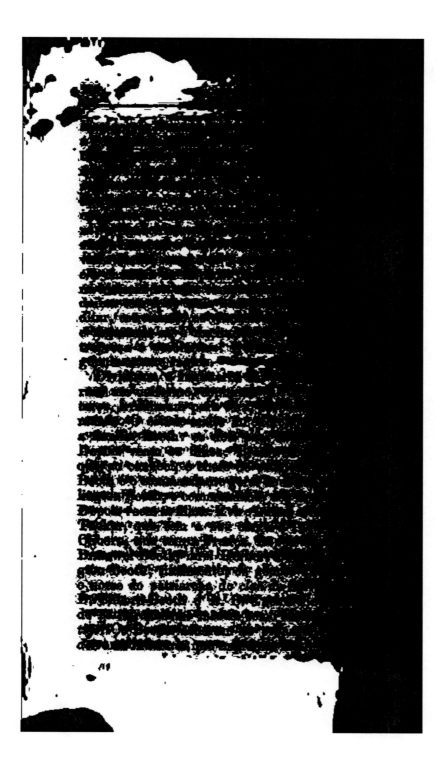

[illegible] 1891 [illegible]

[illegible] Estados-Unidos e [illegible]

[illegible]

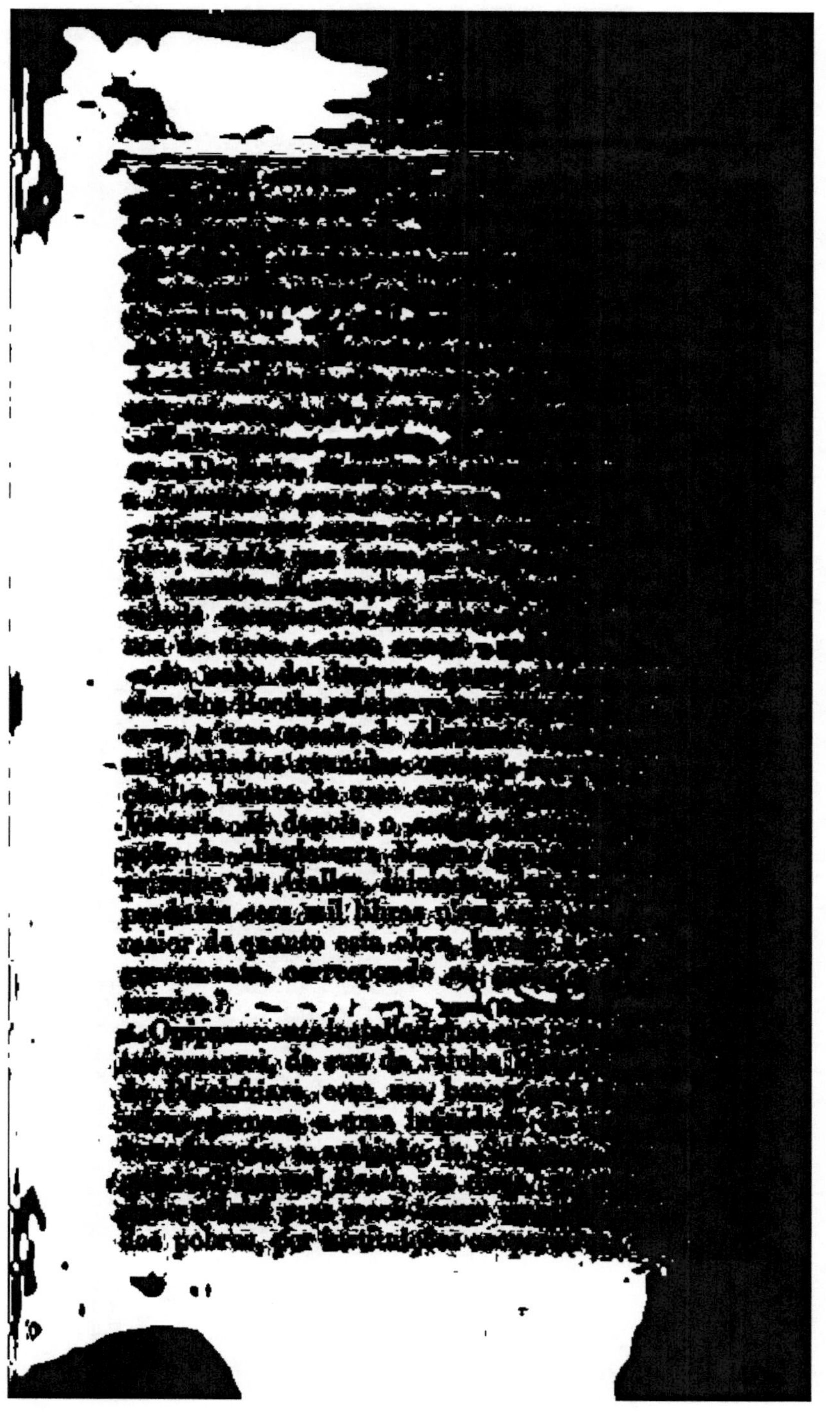

[illegible]

[illegible] and Present. [illegible] palavra caridade, que não [illegible] a accusação, embora [illegible] a habilidade de [illegible] o tribuno) produz [illegible] se fazem as cousas em Inglaterra [illegible] da Asia, e aqui [illegible] mesmo que o protege [illegible] requisito [illegible] é um vencedor. E um vencedor [illegible]

[illegible] corporacão.

XXXVIII

[illegible]

[illegible]

Capitulo I. [illegible]

Capitulo II. [illegible]

Capitulo III. Máos serviços e suas relações com o [illegible]

Capitulo IV. [illegible]

Capitulo V. [illegible]

Capitulo VI. [illegible]

Capitulo VII. [illegible]

[illegible] começou em 18[illegible] [illegible] anno, [illegible] dito [illegible] oito annos. [illegible] para o Thibet e percorreu o [illegible] India, [illegible] sciencia do [illegible]

Voltou [illegible] Dois annos depois, [illegible] [illegible] meio [illegible] Ella era [illegible] e começou a sua [illegible]

[illegible]

[illegible]

[illegible] um corpo [illegible]?

[illegible] O [illegible] para totalizar [illegible] uma peça, [illegible] plexiglas [illegible]

[illegible] da música? [illegible]

[illegible] a idéia de [illegible]

[illegible] uma vez [illegible] e depois [illegible]

[illegible]

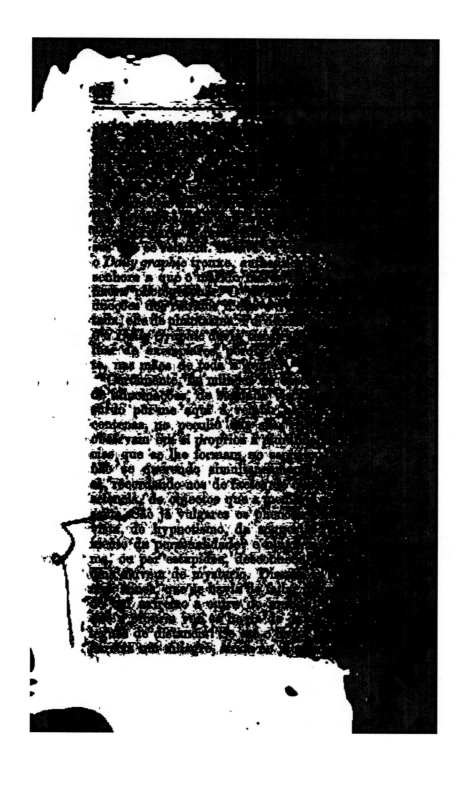

[illegible] propria do acto. [illegible]

[illegible]

[illegible] a philosophia [illegible], ou [illegible] ainda [illegible] os olhos á evidencia [illegible] todas as edades [illegible] formular [illegible]

— [illegible] ha nada mais extraordinario [illegible] dr. [illegible], de que estas descobertas [illegible]

[illegible]

[illegible]

Pois pela chimica sabemos que antes [illegible] cima e para baixo, ha infinitas [illegible]

—O dr. Magnus pretende que [illegible] rios não podiam distinguir [illegible]

—Não sei; mas sei que a photo[illegible] observações microscopicas, traços [illegible] [illegible] depois de photographados [illegible] o que [illegible] Não [illegible] espiritos invisiveis. [illegible] [illegible] de Paris, [illegible] seu laboratorio, por meio da photogra[illegible] gos phenomenos [illegible]

—A sciencia pretende pois [illegible] rir.

—Que tem de espantar? Não [illegible] [illegible] [illegible] e hervas [illegible] perspicaz como o instincto... Mas, [illegible] [illegible] a photographia [illegible] procede carregando a placa photogra[illegible] [illegible] do individuo, cuja imagem [illegible] A imagem [illegible] [illegible] Talvez não seja [illegible] *Charité*, e o dr. [illegible] experiencia, obtendo resultados. [illegible]

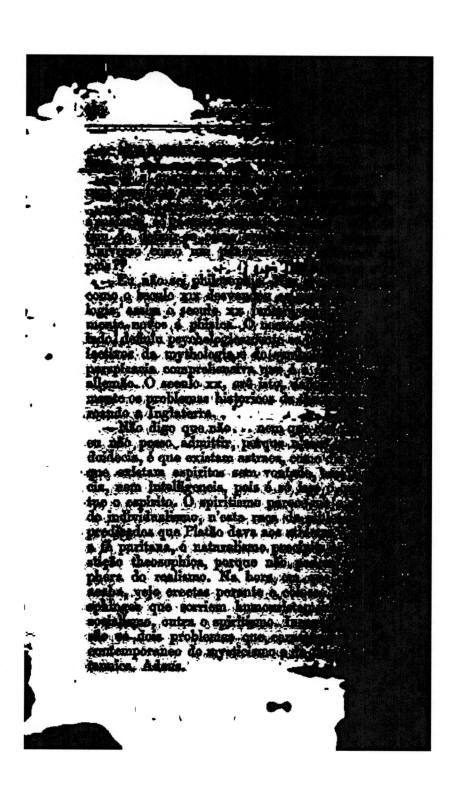

[illegible] Universo como um [illegible] pois? [illegible]

— Eu não sei philosophia [illegible] como o seculo XIX desvendou [illegible] logia, assim o seculo XX [illegible] mente, novos á physica. O [illegible] tudo, definiu psychologicamente [illegible] legitimos da mythologia e do [illegible] perspicacia comprehensiva que [illegible] allemão. O seculo XX, até isto, [illegible] mente os problemas historicos [illegible] mando a Inglaterra. [illegible]

— Não digo que não . . . nem que [illegible] eu não posso admittir, porque [illegible] doidecia, é que existam astraes, como [illegible] que existam espiritos sem vontade, [illegible] cia, nem intelligencia, pois é só [illegible] tue o espirito. O spiritismo parece [illegible] do individualismo, n'esta raça [illegible] predilectos que Platão dava aos [illegible] a Ã puritana, é naturalismo [illegible] stição theosophica, porque não [illegible] phera do realismo. Na hora em [illegible] tenho, vejo erectas perante a [illegible] sphinges que sorriem [illegible] socialismo, outra o spiritismo. [illegible] são os dois problemas que [illegible] contemporaneo de mysticismo [illegible] tannica. Adeus.

. . . .

Quando deixei o dr. F. para ir deitar-me, pois no dia immediato devia sair de manhã para Dover, alonguei a vista sobre o Tamisa. Apagada, via diante de mim a torre alexandrina da ilha de Pharos: era a agulha de Cleopatra, do *eubankment*, erguendo-se na escuridão da noite; e as faces das duas sphinges não paravam de sorrir de *humour*, luzindo-lhes os olhos felinamente.

FIM

INDICE

ERRATA

PAG.	LIN.	ERROS	EMENDAS
29	28	Londseer	Landseer
66	2	Hasting	Hastings
83	17	Grainsborough	Gainsborough
415	6	*wigmaws*	*wigwams*
118	1	Benaug	Benang
175	24	grau da	grão de
177	16	carpinteiros; de Paris,	carpinteiros de Paris;
178	5	1866	1886
184	28	defender	defenderam
219	8	vemos como	vemos
228	30	oito centos mil	oitocentos

Lightning Source UK Ltd.
Milton Keynes UK
UKOW021958151012

200609UK00006B/29/P